O último dia do outono

Quando o amor acontece entre garotas

Dados Internacionais de Catalogação na Publicação (CIP)
(Câmara Brasileira do Livro, SP, Brasil)

Busin, Valéria Melki
O último dia do outono / Valéria Melki Busin. – São Paulo : Summus, 2001.

ISBN 85-86755-30-3

1. Lesbianismo 2. Romance brasileiro I. Título.

01-2737 CDD-869.935

Índices para catálogo sistemático:

1. Romances : Século 21 : Literatura brasileira 869.935

2. Século 21 : Romances : Literatura brasileira 869.935

O último dia do outono

Quando o amor acontece entre garotas

VALÉRIA MELKI BUSIN

Projeto gráfico e capa: **BVDA / Brasil Verde**
Editoração eletrônica: **Acqua Estúdio Gráfico**
Editora responsável: **Laura Bacellar**

Edições GLS
Rua Itapicuru, 613 cj. 72
05006-000 São Paulo SP
Fone (11) 3862-3530
e-mail: gls@edgls.com.br
http://www.edgls.com.br

Atendimento ao consumidor:
Summus Editorial Ltda.
Fone (11) 3865-9890

Vendas por atacado:
Fone (11) 3873-8638
Fax: (11) 3873-7085
e-mail: vendas@summus.com.br

Impresso no Brasil

Este livro é para você, Rê:
meu amor, minha alegria de viver.

AGRADECIMENTOS

Quero agradecer especialmente às pessoas fantásticas que sempre me ajudaram muito, neste livro e na vida:

Minhas irmãs, Thays e Cynthia, e minha mãe, Helena.

Minhas primas do coração: Madrinha, Zeca e Dirce.

Meu terapeuta, Roberto Leal.

Os amigos queridos: Beto e Céli, Dani Cris Oliveira, a família Embón (Lili, Dani e Beatriz) e Carol, Fábio Weintraub, Fernando Alberton, Juliana Bogus Saad, Laura Bacellar, Leda Pereira, Marílis Cagna, Paulo Fernando (Mineiro) e Sandra Meneses, Remo Pellegrini, Ricardo Romani, Sonia Alexandre e Marcos Bagno, Suzette e Jefferson, as "três mosqueteiras" (que são quatro!) – Cris Ikeda, Bia, Paulinha e Ana Laura –, Veronika Paulics e Ricardo Bresler.

1

– Oi, você é nova por aqui?

Virei-me lentamente e me deparei com um rapaz alto, olhos azuis meio infantis e cabelos loiros encaracolados – o próprio anjo em pessoa.

– Ai, que susto que você me deu!

– Desculpa, eu... eu não queria...

– Tudo bem, não foi nada. Eu sou nova, sim. E você?

– Eu também, estou meio impressionado. Meu antigo colégio era tão diferente...

– O meu também – uniforme, freiras, só garotas. Isso aqui é um mundo todo estranho para mim. Eu sou Fernanda, como você se chama?

– Meu nome é Cláudio, mas pode me chamar de Dinho – ele disse com um sorriso maroto. – Meus amigos só me chamam assim.

– Prazer, Dinho – respondi, sem conseguir disfarçar um sorriso.

– Muito prazer!

– Parece que a aula vai começar, vamos lá?

Foi assim que começou minha grande amizade com Dinho e também uma nova fase de minha vida. Eu havia estudado até o primeiro ano do ensino médio em um colégio de freiras muito tradicional que ficava próximo à minha casa em Santana, na zona norte de São Paulo. Eu adorava aquela escola, apesar de detestar o uniforme, a disciplina rígida e o fato de só conviver com garotas. Justo eu, que sempre brincava na rua mais com os meninos do que com as meninas – adorava jogar futebol, empinar papagaio, brincar de polícia e ladrão.

Mas naquele colégio eu tinha grandes amigas, era figura popular – fazia parte do time de vôlei, da equipe do jornalzinho, era representante de classe. Por isso, foi com muita tristeza que recebi a notícia de que teria de mudar de escola.

– Fernanda, você vai ter de sair do Colégio Santana – minha mãe falou lentamente, como se assim o choque pudesse ser menor.

– Por que isso, mãe? – perguntei perplexa.

– As freiras tiraram sua bolsa, não vamos conseguir pagar sem o desconto – disse minha mãe consternada.

– Mas mãe, eu sou boa aluna, tiro notas acima da média. Está certo que não sou a primeira da classe, mas estou sempre entre as melhores. Todas as minhas amigas estudam lá. Não é justo!

– É, filha, mas seu comportamento não está agradando. Você sabe bem disso, né? – não havia recriminação na voz de minha mãe, só tristeza.

– Ah, mãe. Eu não queria sair.

– Filha, eu até poderia fazer um grande esforço para pagar o colégio, mas as freiras não te querem lá. Qual é a graça de ficar onde você não é querida?

– Tem razão, mãe – respondi com uma tristeza imensa dando um nó doído na minha garganta.

Essa tristeza não vinha só daquela mudança forçada, mas principalmente da constatação de que minha vida estava realmente de pernas para o ar. Tudo tinha começado quando Gabriela, minha irmã mais velha, ficou doente. Ela estava voltando do inglês e, ao descer do ônibus, caiu e fraturou o joelho. O esquisito é que aquele joelho nunca ficava bom. Muito tempo depois, ela tirou o gesso, mas ainda se queixava um pouco de dor. O tempo passou, ela sofreu um acidente de moto e – azar! – quebrou o mesmo joelho. Meses de gesso, fisioterapias, tratamentos intermináveis e a terrível notícia: Gabriela estava com câncer!

A dor de todos nós foi indescritível, Gabriela tinha apenas 18 anos! Minha única irmã começou a passar por um sofrimento interminável: várias cirurgias, quimioterapia, inchou, perdeu o cabelo, tomava medicamentos fortíssimos. E o mais impressionante é que desde a notícia da doença, Gabriela nunca mais se queixou, mesmo passando por tudo aquilo. Eu, com meus quinze anos, comecei a achar que o mundo era injusto, que Deus era injusto, que a vida era uma piada de mau gosto.

Estávamos nos acostumando com a situação, quando Gabriela precisou se submeter a mais uma cirurgia.

– É de rotina – meu pai garantiu. – Só precisam drenar o excesso de líquido que se formou na pleura por causa da quantidade de medicamentos. Logo ela estará em casa conosco.

Por isso, quando recebi a notícia de que Gabriela falecera durante a operação, entrei em choque. Queria quebrar tudo, não queria acreditar. Depois, bem mais tarde, fiquei sabendo que a cirurgia era muito arriscada, mas meu pai não queria nos preocupar. Foi ele quem menos agüentou a barra: ficou deprimido, taciturno, perdeu o emprego. E não conseguia arrumar outro, foi ficando um traste, largado em casa, chorando pelos cantos. Minha mãe é que foi segurando a onda sozinha, pagando todas as contas, trabalhando dobrado, uma loucura!

De repente, me vi sem família. Gabriela havia partido, meu pai estava irreconhecível, minha mãe quase não parava mais em casa, trabalhando que nem doida. Comecei a achar tudo muito sem sentido e, claro, foi na escola que minha confusão eclodiu. Sem saber lidar com tamanha tristeza, comecei a questionar os dogmas do catolicismo, a enfrentar os professores, fiquei meio rebelde. As freiras, que me haviam concedido a bolsa de estudos por eu ter sido sempre uma excelente aluna, cansaram de tolerar minha rebeldia e cassaram meu benefício. Aprendi assim, na pele, o exato sentido da caridade cristã que elas sempre pregavam.

Prestei um concurso para bolsas no Objetivo, fiquei muito bem colocada e tive um enorme desconto na mensalidade. Em meio a toda aquela confusão, a única coisa que eu tinha preservado era o meu desejo de estudar jornalismo na USP. E estudar no Objetivo era, para mim, um bom primeiro passo.

No intervalo da primeira aula, Dinho me chamou:

– Fernanda, vamos até ali fora comigo? Quero pegar um cigarro com meu irmão.

– Pode fumar aqui?

– É tudo tão diferente, né? Eu estava acostumado com os padres fazendo marcação cerrada sobre os fumantes de banheiro – Dinho riu. – Aqui todo mundo fuma no corredor, tranqüilamente.

– Você estudava em colégio de padre? Onde?

– Lá em Santana, no Salesiano.

– Você mora em Santana? Puxa, que coincidência! – exclamei. – Parece engraçado a gente só se encontrar aqui, quase do outro lado da cidade, né?

– Bom, pelo menos vamos ter companhia na longa volta de metrô para casa.

Rapidamente fui me habituando à nova realidade. Não ter uniforme era uma grande vantagem, pois as pessoas mais diferentes podiam conviver numa boa. Garota com salto quinze era amiga de bicho-grilo, e assim por diante. Essa mistura foi mais que uma lição, foi uma aula prática de tolerância e convivência pacífica. E eu não era a rebelde, pois todo mundo ali tinha um jeito diferente, ninguém ficava muito marcado por isso.

Eu voltava para casa com Dinho e Ronaldo, seu irmão mais velho. Os dois eram muito engraçados, eu ria durante quase todo o trajeto. Ficamos muito amigos, começamos a sair juntos nos finais de semana para ir ao cinema, shows, teatro, festas. Minha vida cultural melhorou sensivelmente, pois as garotas do Santana saíam sempre para o mesmo programa: cinema no sábado à tarde, seguido de lanchonete e volta para casa.

Dinho era muito bonito, mas era ainda mais charmoso. Eu estranhava um pouco o fato de ele não ter namorada. Enquanto eu tive uns quatro namorados, Dinho continuava "avulso", como brincávamos. E não era por falta de pretendentes, porque as garotas viviam dando em cima dele. Ele se desvencilhava com muito jeito, sempre mantendo o encanto.

– Dinho, por que você nunca tem namorada? – perguntei um dia, assim à queima-roupa.

– Ah, minha querida, este é um segredo que um dia ainda vou te contar – respondia com aquele jeito maroto de sempre. – Por enquanto, acredite em mim: não vou ser padre!

Eu ria, mas continuava intrigada. Eu achava muito bom namorar, apesar de nunca ter me apaixonado de verdade por nenhum dos meus namorados. Dificilmente eu não estava com alguém. Era bonita e atraía a atenção dos garotos. Eu me divertia, mas logo enjoava e trocava de par. Dinho brincava comigo:

– Fernanda, a mulher cruel!

– Ai, Dinho! Pára com isso, que horror! – eu reclamava rindo.

– Mas você vive arrasando os coitados dos garotos. Troca de namorado como eu troco de roupa.

– Ah, então você usa roupa suja, hein?!?

– Não disfarça, não. Você destrói corações, e sabe bem disso!

Quem me via com tantos amigos e namorados, com uma vida social intensa, nem podia sonhar que, lá dentro, bem lá no fundo, uma tristeza surda e uma solidão voraz iam corroendo meu coração. Eu nunca falava sobre isso, nem imaginava que falar pudesse trazer alívio. Na verdade, eu não conseguia nem mesmo tocar no assunto, que me espantava como assombração. Eu era a Fernanda popular de sempre, mas agora também tinha, involuntariamente, adquirido uma certa aura de mistério.

Formávamos um bom grupo – eu, Dinho, Gera, Bia, Laura e Céli –, mas não nos dávamos com a turma do fundão, uns caras muito arruaceiros. Eles desrespeitavam todo mundo, viviam jogando enormes bolas de papel no pessoal mais quieto e estudioso da sala, que sentava bem lá na frente. Quando os professores eram mais liberais, de vez em quando quase não conseguiam dar aula, pois os garotos do fundão ficavam mexendo com todo mundo, chegando a gritar.

– E aí, japonesinha cdf?!? Vai liberar essa mixaria aí? Não adianta fazer cu doce, porque eu sou diabético – gritava o Marco Aurélio, que tinha o singelo apelido de Pavilhão 9, em referência ao presídio do Carandiru.

– Ô, Bolão! Sacode as banhas, vai! Pula! – gritava o Felipe, enquanto atirava vários papeizinhos no Sérgio, um garoto gordo, meio infantil, mas muito inteligente.

Um dia, aconteceu um episódio que me deixou chocada. Dinho era alto, forte e atlético. Era também educadíssimo, ultragentil, delicado. Todo mundo gostava dele, menos, é claro, o pessoal do fundão. Viviam mexendo com ele, insinuando que ele era bicha. Ele nem dava bola, o que para mim era uma prova de superioridade. Porém, numa aula vaga, estávamos nas escadarias do colégio, quando o Matheus passou e provocou:

– E aí, viadinho? Dedou a gente para o bedel, né?

– Não sei do que você está falando, ô babaca, cai fora! – Dinho não se intimidou.

– Vou te arrebentar, seu bicha! – Matheus gritou e veio para cima do Dinho.

– Vem que eu te quebro, desgraçado! – Dinho reagiu.

Trocaram socos, rolaram pela escada, as meninas gritando para eles pararem com aquilo, os caras botando mais lenha na fogueira. Matheus levou a pior, saiu com o nariz todo ensangüentado, jurando vingança. Dinho ficou com um olho inchado, um monte de arranhões e com uma cara de ódio que eu nunca tinha visto antes. Fiquei impressionada.

– Dinho, você está bem? – perguntei preocupada.

– Está tudo bem. Está tudo muito bem – ele respondeu com um tom de voz gelado.

– Dinho, nunca vi você desse jeito. Não ligue para eles, são uns idiotas! – falou a Céli, uma garota meio bicho-grilo da nossa turma.

– Deixa estar, Céli. Isso vai passar.

Durante todo aquele dia, a briga foi o assunto de todas as rodas. No fim das contas, com o nosso testemunho, o Matheus pegou uma suspensão de três dias e o Dinho, de um dia. Na saída, Matheus passou por nós, cuspiu no chão bem perto do Dinho e gritou no meio da rua:

– Você me paga, viadinho! Vou perder a prova de matemática por sua causa! Vou acabar com a sua vida, sua bicha nojenta!

– Dinho, nem responde. Não vale a pena! – emendou o Gera, já entrando no meio deles e procurando apartar uma possível nova briga, que não aconteceu.

– Esse cara é uma besta, mano. Não cai nessa, não encosta nele. A gente só pega em merda quando está distraído – Ronaldo aconselhava o irmão, fazendo um escudo junto com Gera e as outras meninas, que chegaram naquele instante.

Todo mundo foi entrando no meio, aquela coisa de deixa-disso, Matheus foi embora bradando vingança e nós ainda ficamos um pouco mais. Dinho ficou calado, com aquela expressão dura no olhar. Eu senti um arrepio, estranhei a transformação. Voltamos para casa, ele ficou quase todo o tempo mudo. Não brincava, não queria conversar. Ronaldo fez um monte de palhaçada, mas no máximo Dinho dava um riso pálido, sem graça. Eu não quis forçar a barra, vi que ele estava com a alma mais ferida que o corpo e fiquei compartilhando aquele silêncio cheio de dor. Na hora de nos separarmos, no ponto de ônibus do terminal do metrô, nos demos um abraço forte e demorado. Ele encostou o rosto no meu ombro e soluçou baixinho.

– Um dia a gente conversa sobre isso? – perguntei gentilmente.

– Claro. Só deixa eu melhorar um pouco. A gente se vê depois de amanhã. Obrigado.

– Tchau, se cuida – saí com o coração partido de ver meu melhor amigo tão arrasado.

Dinho voltou para a escola recuperado, com seu bom humor de tempo integral, mas não tocamos no assunto. Matheus, como o restante dos caras do fundão, era um grande covarde e nunca mais o amolou. O saldo daquela briga, além das escoriações e suspensões, foi positivo. Os caras passaram a respeitar mais o Dinho, que, afinal, tinha deixado o nariz do Matheus bem machucado.

Estávamos chegando ao final do segundo ano. Minha vida, que estava tão diferente na escola e com os amigos, não tinha mudado quase nada em casa. Quer dizer, tinha piorado um pouco, pois com o tempo, meu pai foi ficando cada vez mais abatido. Ele entrou numa espécie de círculo vicioso: não conseguia emprego porque estava deprimido, e ficava mais deprimido porque não conseguia emprego. Com isso, eu ficava em casa o menos possível. Sempre que dava, eu ia depois da aula estudar na casa de algum amigo. Às vezes ficava estudando à tarde no Centro Cultural São Paulo, ali na Rua Vergueiro, que era bem perto do colégio. Outras vezes dormia na casa de alguma amiga, principalmente nos finais de semana em que saía para alguma festa, ou ia passear no Bexiga. Descobri assim que evitar a dor é um exercício de difícil aprendizado, mas de grande aplicação.

O ano terminou sem maiores incidentes. Tive a sorte de ir passar as férias com a família da Bia no Guarujá. Eu não gostava muito do lugar, sempre cheio de boyzinhos ostentando suas posses, às vezes chegando à beira do ridículo. Um garotão do Objetivo que encontramos lá usava, no maior calor do verão, todos os trajes de futebol americano – com enchimentos, capacete e tudo o mais – em plena sorveteria! Mas o mar é poderoso – sempre que eu saía de um mergulho, me sentia como se tivesse deixado um tanto de tristeza para trás.

Voltei das férias quase nova em folha, pronta para encarar o terceiro ano e o tão temido vestibular. Um ano que me reservava muitas surpresas e, dentre todas, a mais bela: Marisa.

2

– Este ano vai ser diferente! – prometi para mim diante do espelho.

Pretendia cabular menos aulas, sair menos e estudar mais, pois faria o vestibular para jornalismo no final do ano e pretendia passar na USP – desafio difícil de vencer, eu sabia. Eu bem que resisti o máximo que pude. Quando Dinho me convidou para irmos ao Shopping Morumbi, dei-lhe uma dura danada:

– Dinho, cai na real! Este é o terceiro ano, meu filho! Você não quer passar no vestibular?!?

– Quero, mas também quero comer aquele hambúrguer delicioso do América lá do shopping.

– Você não toma jeito! Eu não vou! Vou ficar e prestar atenção nas aulas. Come um hambúrguer por mim, tá?

– Falou! A gente se vê amanhã, então.

Fiquei, e me arrependi amargamente. Minha solidão ficava muito maior sem meus amigos. As aulas foram chatas, minha tristeza me tomava, tive sono, mas prestar atenção que é bom, nada! O que me fez um bem enorme foi passar todo o tempo escrevendo: fiz uma bela elegia para Gabriela.

Eu tinha uma saudade enorme, mas não era só da minha irmã, era de toda uma vida em família que não existia mais, era uma saudade dos tempos em que eu não precisava ficar pensando no sentido da vida, em que eu não tinha dor, em que meu riso vinha de dentro, verdadeiro. A primeira grande descoberta deste ano foi essa: escrever me tornava menos incomunicável. Eu não tinha coragem de mostrar para ninguém meus poemas, achava-os bobos e tristes demais, mas o ato de escrever era uma espécie de salvação.

Mesmo com o arrependimento, resolvi continuar tentando ser aplicada. Me inscrevi na palestra sobre jornalismo, ficava estudando, ou pelo menos tentando estudar, no Centro Cultural, evitava acompanhar a moçada, fazia um tremendo esforço para prestar atenção às aulas. E enquanto a turma toda cabulava, eu ficava naquele empenho estéril, produzindo poema atrás de poema. Dinho reclamou:

– Você está fazendo falta na nossa bagunça.

– Vai se acostumando, Dinho. Agora sou uma nova mulher – séria, compenetrada, estudiosa. Você vai ter de se virar sem mim.

– Bom, fazer o quê?!? Boa aula, nova mulher.

O pior foi durante o final de semana. Eu não quis ir para a gandaia e resolvi chegar cedo no sábado para poder estudar no domingo. Mas nada deu muito certo, porque minha mãe tinha acabado de descobrir que meu pai estava se tornando dependente de tranqüilizantes e o tempo fechou feio lá em casa. Fiquei no meu quarto, tentando não ouvir as discussões, que foram se acalorando, mas não pude evitar: passei o final de semana com o ouvido colado à porta, querendo identificar se havia risco de a briga ficar séria. As discussões eram tão violentas, que eu cheguei a temer pela integridade física de meus pais. Tempos sombrios.

Depois disso, passei a evitar qualquer visita de amigos a minha casa, porque de repente podia estourar uma outra briga daquelas. As brigas entre meus pais começaram a se tornar muito freqüentes e eu sentia vergonha daquilo tudo. Foi por isso também que resolvi não comemorar meu aniversário daquele ano, no dia 27 de maio. Dinho, Gera, Céli e Bia não se conformavam:

– Pô! Você vai fazer dezessete anos, tem de ter festa, cara!

– É, mas lá em casa não vai ter clima para rolar festa, nem comemoração, nem nada. Deixa para lá, pessoal. A gente comemora na lanchonete aí do lado, prometo que pago um suquinho para vocês, falou?

Ninguém sabia exatamente o que estava acontecendo em casa, mas todo mundo intuía que era melhor nem me perguntar. Esse acordo tácito com meus amigos era bom, eles respeitavam meu silêncio, mesmo sem entender bem o motivo. Eu me sentia protegida, sem precisar escancarar minhas feridas.

– Pois eu tenho uma outra idéia, Fernanda! – Laura vinha chegando, mas de longe já ouvira o que se passava na rodinha.

– E qual é essa brilhante idéia, Laurinha?

– Bom, você sabe que eu faço aniversário bem perto, né? No dia 29 de maio, precisamente. Que tal a gente fazer uma festa só, lá no salão de festas do meu apê?

– Pô, seria legal, mas eu estou sem grana, não dá mesmo.

– Mas não precisa de grana. Meu presente de aniversário para você vai ser a festa, que tal? Fica tudo por minha conta. Diz que aceita, vai?

Laura tinha muito dinheiro, todo mundo sabia. Ela se vestia sempre com roupas de marca, tinha tudo do bom e do melhor, mas era uma pessoa simples, sem afetação. Sabe aquelas pessoas que se habituaram tanto a ter dinheiro que não precisam ostentar? A Laura era assim e, às vezes, até esquecíamos que ela vivia num outro mundo, muito diferente da maioria do pessoal, que era bem classe média alta. E ela sempre era generosa, sem nunca pedir nada em troca.

– Laura, eu fico sem graça, acho isso tudo esquisito.

– Não seja egoísta. As coisas não andam bem lá do seu lado, a gente já sabe. Mas todo mundo quer comemorar com você. Não vai me atrapalhar em nada, por que essa frescura de não aceitar? Orgulho?

– Não, longe de mim.

Todo mundo se meteu e deu palpite, claro. Eu não tive saída, aceitei. Achava estranho, mas também me sentia feliz por poder comemorar com os meus melhores amigos. E por saber que todo mundo fazia questão de festejar comigo. A festa foi marcada para dia 1º de junho, um sábado. Eu podia chamar quem quisesse, mas não quis abusar, chamei umas três garotas do colégio antigo, um ex-namorado, e um carinha que eu estava paquerando, mais dois caras e uma garota do meu bairro e só. Os amigos da escola eram comuns e já estavam convidados pela Laura.

No final das contas, eu comecei achar aquilo tudo divertido e, na véspera, já estava me sentindo ansiosa, louca para que chegasse o sábado, para arrombar a festa. Fui com o Dinho e com o Ronaldo. Eles conheciam o lugar, eu nunca tinha ido até a casa da Laura. O prédio dela ficava no Morumbi, subindo a avenida Giovanni Gronchi, não muito longe do estádio de futebol do São Paulo.

Como o acesso por ônibus era complicado, resolvemos tomar um táxi e rachar a conta.

Chegamos cedo, ainda não tinha quase ninguém. Cumprimentamos a Laura, que estava linda e muitíssimo bem vestida. O prédio era lindo, com um jardim maravilhoso, muito bem iluminado. O salão de festas estava superbem decorado, com muitas flores e frutas bem coloridas. Levei um susto quando vi que tinha até garçom servindo. Eu esperava alguma coisa um pouco sofisticada, mas aquela festa estava muito além das expectativas, era um luxo só. Sentei-me numa mureta de jardim, bem perto da entrada do salão, meio escondida, porque me sentia um pouco intimidada com aquela riqueza toda à minha disposição. Depois de tomar uma cerveja, relaxei e pensei comigo: "Aproveita, boba! Você merece!".

Fiquei de olho na entrada para resgatar meus amigos que certamente também se assustariam com toda aquela pompa. Foi então que a vi pela primeira vez. Uma garota muito bonita, parecia ter a minha idade, cabelos pretos longos e cacheados, tez morena, olhos negros. Estava vestida de um modo muito simples, totalmente à vontade, usando jeans, tênis e bata indiana. Algumas pulseirinhas hippies no pulso direito, um brinco discreto, uma correntinha com pingente. Nada de maquiagem, nada de excessos. Ostentando um sorriso devastador, foi entrando e olhando para todos os lados, certamente procurando a Laura.

Alguma coisa nela me chamou a atenção de imediato e meu olhar foi seguindo sua entrada, até que nossos olhares se cruzaram. O olho-no-olho durou não mais que uma fração de segundo, mas foi suficiente para quase me aniquilar. Senti uma espécie de arrepio enquanto sustentava aquele olhar de fogo, intenso, sedutor. Desviei a atenção, pois me pareceu que se não o fizesse, sucumbiria a alguma terrível magia. Sensação estranha, sem dúvida.

– Dinho, quem é aquela figura que entrou agora, com bata indiana?

– Não tenho certeza, mas acho que é lá do Objetivo mesmo. Você sabe quem é, Naldo?

– Quem? Aquela morena? – Ronaldo perguntou, enquanto procurava no lugar onde Dinho apontava. – É da minha classe, mas não tenho amizade com ela. Acho que o nome dela é Márcia, ou Marisa, não sei bem.

– Linda, né, Fê? – Dinho me olhou profundamente, depois soltou aquele sorriso maroto de sempre.

– É, ela é bem bonita, mas tem alguma coisa esquisita nela – eu disse bem cautelosamente.

– Como assim, esquisita? – Dinho parecia se divertir às minhas custas.

– Ah, Dinho, não sei! Foi só uma sensação, sei lá. Olha, o Zeca chegou, vou lá cumprimentá-lo.

Dei graças a Deus pelo Zeca, meu ex-namorado, ter chegado e eu ter uma desculpa para mudar de assunto. Parecia que o Dinho estava olhando dentro da minha alma, pesquisando minha confusão. Eu tinha ficado assustada, porque havia sentido uma espécie de arrebatamento. Tentei aparentar tranqüilidade, mas durante toda a festa, o meu olhar sempre fazia desvios impossíveis para dar um jeito de focalizar aquela morena deslumbrante. E, nas poucas vezes em que nossos olhares se cruzavam, aquela sensação de estar levando um choque elétrico.

A festa foi maravilhosa e, gozado, nem reparei que o Thiago – o carinha que eu estava paquerando no momento – não tinha aparecido. Eu estava interessada nele há um mês mais ou menos. Achava que a festa seria uma boa oportunidade para acontecer algo mais, porque ele também parecia bem interessado. Ele não deu as caras, e eu nem me incomodei. Dancei a noite toda, bebi um pouquinho e, além da morena, a novidade foi ter fumado um baseado pela primeira vez. No início, achei que não tinha dado barato nenhum, mas depois percebi que achava tudo engraçado demais, intenso demais, divertido demais. O susto foi ter olhado de repente para a morena e notar que ela estava me olhando. Um calor percorreu todo o meu corpo, senti um arrepio. "Isso não pode ser tesão", pensei assustada e confusa, "deve ser o baseado".

Não tive coragem de me apresentar para a morena, nem de sondar sobre ela com a Laura. Achei que, naquelas alturas, toda a festa já havia notado que ela mexia comigo de alguma maneira misteriosa. Não quis arriscar chamar ainda mais atenção.

Na volta de táxi para casa, Dinho ficava rindo da minha cara, dizendo que eu estava apaixonada.

– Apaixonada nada, Dinho, o Thiago me deu o maior fora, já estou desencanando.

– Quem falou em Thiago, querida? – esperto esse Dinho.

– Putz, então você está viajando legal, cara! E olha que nem fumou comigo.

– Veremos, Fernanda, veremos.

– Mas fala aí: por quem você acha que eu me apaixonei assim de repente.

– Por ninguém – ele respondeu com aquele sorriso quase sacana. – Estou só viajando, cara!

– Cínico.

– Gente, não estou entendendo nada – Naldo dizia de vez em quando. – Acho que vocês dois estão malucos.

– Pois é, Naldo, a paixão tem dessas coisas – Dinho ria gostosamente.

– Cínico!

Naquela semana, fui assistir à palestra sobre jornalismo, que aconteceu em um auditório na Avenida Paulista. O colégio oferecia um ciclo de palestras gratuitas sobre as profissões cujos cursos eram os mais concorridos no vestibular. Chamavam uma pessoa de renome da área para falar um pouco do curso e do cotidiano da profissão. O palestrante era um colunista da *Folha de S. Paulo* de quem eu era fã de carteirinha. Entrei na sala já um pouco atrasada, a palestra ainda não tinha começado. Sentei na primeira fila, no lugar vago mais próximo que avistei. Se tinha uma coisa que eu não estava querendo, naqueles dias, era chamar muita atenção. Eu não tinha muita dúvida de que queria estudar jornalismo, mas me inscrevi na palestra para conhecer um pouco mais. As luzes se apagaram, começou a projeção de um filme. Em seguida, a palestra. Depois de uma hora, o jornalista falou:

– Gente, vamos fazer um intervalo de vinte minutos para tomar uma água e depois voltamos para responder as perguntas que vocês possam ter, ok?

Fiquei ali sentada um pouco, esperando a debandada da platéia. Queria sair, tomar um ar, mas não estava a fim de entrar no empurra-empurra da saída. Estava de cabeça baixa, pensativa por causa das informações do palestrante. Nunca tinha parado para pensar no poder da mídia, minha idéia de jornalismo era muito pouco política, muito mais romântica. Imaginava uma redação como nos tempos do Nélson Rodrigues, cheia de boêmios inveterados, criativos e meio moleques. Fiquei um pouco assustada com as novas perspectivas. Levantei a cabeça bem devagar, preparando-me para levantar da cadeira, quando eu vejo um rosto conhecido na minha frente, falando algo que eu mal escutava. Era ela!

– Você não é a Fernanda?

– Sou eu, sim – tentei disfarçar o choque. – Como é que você sabe meu nome?

– Você não era uma das aniversariantes na festa de sábado?

– Era.

– Então, eu estava na festa, sou amiga da Laura.

– Ah, claro! Estou me lembrando agora – zilhões de elétrons percorriam meu corpo inteiro em menos de um segundo, enquanto eu me esforçava para não demonstrar a confusão que me tomava. – Eu vi você dançando no salão. Tudo bem?

– Tudo bem. Você vai prestar jornalismo?

– Vou.

– Eu também. Esse cara é muito estrela demais, você não achou?

– Ah, eu gosto muito do que ele escreve, mas confesso que achei o cara um tanto arrogante – respondi meio apressadamente. – Qual é seu nome?

– Ai, desculpa, não me apresentei. Meu nome é Marisa. Eu não sabia que você também estudava no Objetivo.

– Tenho um amigo que estuda na sua sala, o Ronaldo – falei de chofre.

Ela deu aquele sorriso iluminado. De repente, me dei conta de que acabava de me entregar, demonstrando que já a tinha notado. Emendei uma explicação inútil, só para ganhar tempo:

– O irmão dele está na minha sala, você conhece o Dinho? Ele é lindo!

– Não, não conheço. Eu sou um pouco tímida, falo com pouca gente no colégio.

– Você não parece ser nada tímida. Na festa, você parecia bem à vontade – arrisquei.

– É, mas minha extroversão não passa de defesa. Sabe aquela

história de que a melhor defesa é o ataque? Então, eu sou assim, brinco muito para não parecer que estou superinibida. Dá para entender?

– Mais ou menos – era mesmo difícil acreditar, ela parecia ser uma daquelas pessoas que se sentem muito bem dentro da própria pele. Eu, que vivia me sentindo uma estranha no ninho, achava que aquele papo estava mais para charme.

Ficamos conversando dentro da sala mesmo, nem tive coragem de dizer que queria tomar água, ir ao banheiro. Achei que aquelas necessidades básicas poderiam quebrar o encanto do encontro e me deixei ficar. Nosso papo fluiu bem, fomos descobrindo pequenas afinidades, demos risadas juntas. Quando a palestra estava para recomeçar, ela me convidou:

– Você não quer sentar comigo lá atrás? Tem um lugar vago do meu lado.

– Quero, sim. Sentar na frente está quase me dando torcicolo – exagerei.

Peguei rapidamente minhas apostilas, a bolsa e minhas anotações e fui com ela para o fim da sala. Assistimos ao resto da palestra juntas e me surpreendi com algumas perguntas que ela fez ao jornalista. Sagaz, inteligente, ela, às vezes, era um pouco mordaz. Até o palestrante ficou admirado, apesar de também se mostrar um pouco incomodado, respondendo com ironia, querendo dizer algo como "sai dessa agora!". Mas Marisa, que não mostrava fraqueza, levou o debate em bom nível até o final. Acho que o cara deve ter dado graças a Deus quando o tempo acabou.

No final, comentei:

– Nossa, você não deu mole para o cara, hein? O coitado teve de rebolar para responder suas perguntas.

– Ah, não suporto esses caras que acham que vão deslumbrar todas as garotas com esse papo furado, tipo "eu sou o fodão". Se não for consistente, eu perturbo mesmo.

– Para quem se diz tímida...

– Ah, isso não tem nada a ver com timidez, Fernanda!

– Mas você precisou de coragem para se expor para todo mundo e para enfrentar o cara de igual para igual.

– Bom, isso lá é verdade, mas quando alguém me irrita, eu não deixo barato, não. Você não é assim?

– Eu? Às vezes, mas tem situações em que não consigo me expor, daí me fecho e ninguém nem suspeita o que se passa comigo.

– Faz o tipo mulher misteriosa, hein?

– Não faço tipo nenhum! – respondi irritada.

– Calma, só estou brincando. Estou vendo que você também não deixa barato!

Rimos e a conversa voltou a ser descontraída. Então, comentei:

– Mas de uma certa forma você tem razão. Eu sou brincalhona, mexo com todo mundo, faço amigos com facilidade. Mas todo mundo saca que, quando fico calada, melhor não cutucar.

– Essas são as mulheres mais perigosas.

– Que perig...

– Calma! – ela me cortou. – Não precisa estressar! Você é brava, hein?

Rindo de mim e da minha irritação, Marisa juntou suas coisas e perguntou:

– Você vai para onde?

– Eu vou para Santana.

– Vai pegar ônibus?

– Não, vou pegar metrô. Vou andando até a estação Paraíso. Eu gosto de caminhar, especialmente na Avenida Paulista a essa hora, fim de tarde.

– Mas a estação Paraíso está um pouco longe, não?

– Está, mas como estamos no outono, o pôr-do-sol deixa tudo amarelo-avermelhado, os prédios envidraçados ficam refletindo cores muito diferentes. Eu acho tudo tão bonito, que nem sinto a caminhada! – respondi entusiasmada.

Havíamos chegado na porta da rua, apontei para o céu, comprovando o que dizia:

– Olha só como o céu está lindo! Adoro o outono!

– Você tem toda a razão. Acho que vou te acompanhar nessa caminhada, posso?

– Claro que sim! Você vai para onde? – perguntei toda contente.

– Eu moro na Vila Mariana, normalmente eu tomaria o metrô direto, mas seu olhar poético me convenceu, achei lindo! Vou com você até a estação Paraíso, dali pego o metrô para casa. Por sua culpa, vou olhar para os dias de outono de outro jeito agora! – Marisa me revelou, sorrindo de um jeito encantador.

Fomos conversando durante todo o trajeto. O sol foi se pondo; as cores, mudando. Chegamos ao metrô sob um céu estrelado. Tive a sensação de que uma amizade de azul intenso se fizera naquele anoitecer, como se já nos conhecêssemos há vários outonos.

3

Apesar de estudarmos em classes diferentes, eu e a Marisa começamos a nos ver com certa freqüência, principalmente no intervalo das aulas. Apresentei o Dinho para ela e eles se deram muito bem – os dois tinham aquele humor ferino e inteligente. Ela nos apresentou seus amigos: Márcio, Paulo Fernando, Dani e Lili. Todos tinham aquele mesmo jeito simples da Marisa, e também eram estudiosos como ela. Dinho e o resto da minha turma continuavam cabulando aula e aprontando todas.

Eu fiquei muito dividida, pois ao mesmo tempo em que queria me divertir com a moçada, queria parecer séria e compenetrada para os novos amigos. Com uma solução interessante, resolvi meu problema: assistia às primeiras aulas, passava o intervalo com a Marisa e cabulava as últimas aulas, indo me juntar a Dinho e companhia. Claro que minhas boas intenções de estudar ficaram comprometidas, o que me dava uma certa culpa, mas eu também não conseguia evitar a vadiagem. Não sei se era apenas uma boa desculpa, mas a situação em casa andava cada vez mais tensa, eu não conseguia pensar noutra coisa durante as aulas. Já na bagunça, eu quase nem me lembrava de casa, dos problemas. Com poucas modificações, eu continuava usando a velha tática de fugir da dor.

Marisa ficava quase sempre comigo no intervalo. Tínhamos tanto o que conversar, que o tempo era pouco. Então fui notando que o Márcio não gostava de mim e não perdia uma oportunidade para me dar um fora. Comentei com o Dinho:

– Dinho, esse Márcio pega no meu pé! Que saco, não?

– Ah, cara, é ciúme puro!

– Ciúme? Como assim? Ciúme do quê?

– Você é cega ou o quê? Não percebeu ainda que o cara está louco pela Marisa?

– Nossa, não tinha sacado nada. Será mesmo?

– Não tenho a menor dúvida, minha querida. Procure observar mais as pessoas. Você vai descobrir coisas incríveis.

– Mas, Dinho, por que ciúme de mim? Se ainda fosse do Paulo Fernando, ou de você.

– Porque a Marisa te dá atenção o tempo todo, para ele sobram só migalhinhas, um apaixonado não suporta isso!

– Ah, mas eu não tenho nada com isso, ele que se declare logo para ela e me deixe em paz, pô!

– Não é tão simples assim. Ele é muito tímido, ela é exuberante. Eu acho que ele prefere imaginar que você esteja roubando a atenção dela a imaginar que Marisa, simplesmente, possa não gostar dele como ele queria. Entendeu agora?

– Nossa, vocês homens são bem complicados.

– Pois é. E nós achamos que vocês é que são as complicadas. *C'est la vie, mon amour, c'est la vie!*

Um dia Bia, Laura e Gera resolveram cabular aula para brincar no Playcenter. Para falar a verdade, eu estava morrendo de vontade de ir, mas não tinha dinheiro nem para uma condução a mais, quanto mais para o ingresso do parque de diversões. Disse que não estava afins, que fazia muito calor. Não queria que a Laura se oferecesse para pagar tudo, meu orgulho nem permitiria, não naqueles dias. Céli tinha faltado, Naldo ia ter prova. Dinho disse que ficava comigo:

– Alguém precisa tomar conta da Fernanda, ela pode enlouquecer de tanto estudar!

– Engraçadinho!

Os três tentaram nos convencer, insistiram muito, mas nós resistimos. Quando eles se foram, Dinho e eu entramos na sala de aula. Eu estava bem distraída, mas pude notar que o Dinho estava cabisbaixo, tristonho. No intervalo, ele mal reagiu às brincadeiras de Marisa. Vi que algo muito sério estava acontecendo com meu amigo e, assim que soou o sinal, puxei-o de lado.

– Dinho, vamos dar o fora?

– Vamos.

– Nossa, você está desanimado. Quer conversar um pouco?

– Quero. Vamos até a minha casa?

– Mas... e seus pais? Eles vão pegar no seu pé, nós estamos cabulando, lembra?

– Não, meus pais estão viajando, foram para Buenos Aires comemorar as bodas de prata. A empregada avisou que ia levar o filho ao médico hoje, não tem ninguém lá. Vamos? Assim a gente conversa com tranqüilidade.

– Então vamos.

Durante o trajeto, Dinho ficou quase todo o tempo calado. Lembrei-me daquela briga com Matheus no ano anterior, ele tinha ficado esquisito daquele jeito. Chegamos na casa dele um pouco antes do horário do almoço. Ele abriu a porta e foi dizendo:

– Fica à vontade. Eu volto num segundo, tá?

– Tá.

Depois de alguns minutos, ele veio com sanduíches, torradas, patê, uma garrafa de coca, suco de laranja de caixinha, copos. Pôs tudo sobre a mesa de centro, sentou no tapete, serviu-se de suco, eu peguei coca.

– Ó, não vou ficar servindo ninguém, tá? Você está em casa, por favor!

Fiquei ali observando meu amigo, sem saber muito como me aproximar da tristeza dele. Então, arrisquei:

– Sabe, hoje eu me lembrei daquele dia da briga com o Matheus, lembra? Você ficou tão triste e quieto como hoje. O que está acontecendo? Posso te ajudar de algum jeito?

– Acho que pode. Estou muito triste mesmo, quero muito conversar com você, mas está difícil de falar.

Servindo-se lentamente de mais suco, Dinho ficou um longo tempo em silêncio, antes de começar a falar:

– Não foi à toa que você se lembrou daquela maldita briga. O que eu tenho para te contar tem a ver com ela.

– Como assim?

– Não sei como você vai reagir, mas eu... eu...

– Fala, Dinho, pode falar.

– Eu... eu sou gay!

– ...

Não pude esconder o susto. Engraçado, estava tudo tão óbvio e eu nunca tinha me ligado: nenhuma namorada, a reação violenta porque Matheus o chamara de bicha, tanta delicadeza. Dinho acendeu um cigarro, olhou para mim um pouco ansioso:

– Isso muda alguma coisa para você? Quero dizer, nossa amizade?

– De jeito nenhum! Você é meu melhor amigo, agora mais do que nunca, porque não me esconde mais nada. Estou surpresa, não posso negar. Eu sou uma tonta, mesmo! Nunca tinha pensado nisso, sabia?

– Não?! – ele perguntou, ligeiramente surpreso – E o que você acha?

Demorei bastante para responder, fiquei pensando muito em algo que havia lido naqueles dias.

– Dinho, li uma coisa assim, nem sei onde: "A natureza oferece mil e uma possibilidades. O ser humano escolheu uma como a certa. Por que não as outras mil?" e achei o máximo. Por que não? Só não estou entendendo a sua tristeza. Que é que tem a ver?

– Ah, é porque eu levei um puta fora do meu namorado ontem! E eu não podia sair te contando isso sem antes te dizer que sou gay.

– Como é isso para você?

– É tranqüilo, não tenho grandes encanações sobre meu amor, meu desejo, acho normal. O único problema é que sinto medo de ser rejeitado, por isso acabo não falando para ninguém. Nem o Naldo sabe, viu?

– Puxa, você devia contar para ele, Dinho! O Naldo te adora, ele não vai deixar de gostar de você por causa disso.

– Ah, por enquanto eu prefiro assim. Acho que preciso conquistar algumas coisas primeiro, como minha independência financeira. Tenho planos de contar tudo para os meus pais e para o Naldo quando eu estiver trabalhando, espero que já no ano que vem.

– E seu namorado, como é? Me conta um pouco, não sei nada sobre... sobre... esse mundo.

– É mesmo um mundo um pouco diferente. Meu namorado, ou melhor, meu ex-namorado se chama Robert, ele é filho de americanos, mas nasceu aqui no Brasil. Estávamos juntos há quase dois anos. Ele é lindo, lindo!

– Ele foi seu primeiro namorado?

– Não, eu comecei bem cedo. Estou com dezoito, faz quase cinco anos que sei que sou gay.

– E por que ele te deu o fora?

– Em janeiro ele foi passar as férias na Califórnia, em San Francisco. Conheceu um carinha, teve um rolo por lá, mas nunca me contou nada. Agora, ele vai voltar lá em julho e, provavelmente, não vem mais para o Brasil. O Bob está completamente apaixonado pelo outro. Droga!

Dinho começou a chorar, as lágrimas correndo pelo seu rosto tão lindo. Abracei meu amigo e ficamos em silêncio por muito tempo. Enxuguei-o com minha camiseta e começamos a conversar. Ele me contou suas aventuras, me falou dos bares que freqüentava, dos amigos gays. Foi me revelando seus medos, falando de amor e desejo. Ao final da conversa, consolei-o:

– Meu amigo, eu imagino o quanto você está sofrendo, mas só imagino, pois nunca me apaixonei para valer. Agora, esse Bob é bem burro, tá?

– Como assim?

– Puxa, abandonar um cara tão lindo, charmoso, inteligente e bacana como você? Por uma aventurazinha qualquer? Ah, Dinho! Sinceramente? Ele não te merece!

– Você acha mesmo? – ele finalmente sorriu.

– Acho, não! Tenho certeza! E aposto que em menos de um mês você vai estar com um namorado novo, muito mais lindo e legal do que esse bobo do Bob! Falei?

– Falou!!

Passamos o resto da tarde papeando descontraidamente. Dinho foi ficando mais calmo, mais alegre, voltou a brincar. Logo chegou o Naldo e eu me dei conta de que estava mais do que na hora de ir para casa. Saí de lá bastante confusa, na verdade estava feliz por ter ajudado o Dinho, mas sem saber o que pensar sobre tudo aquilo. Com certeza, minha amizade com ele mudou: ficou mais verdadeira, mais sólida. Mas não foi só isso, algo em mim havia mudado naquelas poucas horas, mas não queria pensar muito mais nisso, não.

Nos dias seguintes, uma baita crise me pegou. Fiquei mal, muito mal, por não estudar como devia, por cabular tanta aula. Minha consciência estava pesada, mas eu não reagia. Estávamos no meio de junho, final do outono, havia pouco tempo para mudar o curso daquela história. E se eu não passasse no vestibular, como seria? Ai, nem queria pensar nisso, mas não pensava em outra coisa.

Logo Marisa notou que eu andava taciturna, caladona, e veio me sondar:

– Fernanda, aconteceu alguma coisa? Você anda tão diferente.

Fiquei em dúvida se contava a verdade, afinal fizera tanto esforço para parecer-lhe estudiosa. Mas que tipo de amizade se sustenta com aparências? Acabei contando para Marisa meu dilema: queria – precisava – estudar, mas não tinha como, minha cabeça não estava boa. Disse-lhe também que me sentia envergonhada, pois sabia que ela era muito séria. Fiquei esperando, sem coragem de falar mais nada. Um silêncio constrangedor caiu sobre nós. Ela, então, começou:

– Você quer estudar mesmo?

– Quero, quero mesmo. Mas o que posso fazer? Não consigo me concentrar, não consigo!

– E se a gente começasse a estudar juntas? Eu acho que poderia te dar uma força, sou muito disciplinada.

– Mas não vou te atrapalhar?

– Nada, vou me divertir. Estudar sozinha é muito chato! Que tal hoje?

– Hoje? Amanhã tenho prova de literatura, está ótimo para mim! Vamos estudar no Centro Cultural?

– Legal. Almoçamos aqui no Porquilo?

– Ahn... não, eu trouxe um lanche. Faz assim, você almoça lá e depois a gente se encontra na biblioteca, pode ser?

– Às duas?

– Ok, até lá.

Eu tinha ficado sem graça de dizer que meu dinheiro não dava para almoçar fora. Comprei um cachorro-quente no carrinho da esquina, comi em pé mesmo e corri para o Centro Cultural. Sem entender muito bem o porquê, estava muito ansiosa para estudar. Ela chegou pontualmente e foi logo dizendo que eu que não sonhasse em vadiar, que ela era linha dura, e coisa e tal. Achei divertido, conversamos um pouquinho – para fazer a digestão, ela brincou – e começamos. Ela estudava com método e foi me ensinando como aproveitar mais a leitura, como fazer resumo, como memorizar.

No dia seguinte, fizemos a prova. Fui muito bem e ainda passei cola para toda a turma. Fiquei empolgada e, no intervalo, corri para contar para Marisa.

– Má, fiz uma ótima prova! Vou tirar um notão!

– Legal! – ela estava feliz da vida.

– Queria... queria te agradecer. Você me deu a maior força!

– Está tudo bem, você me ajudou também, ficou mais gostoso estudar.

A rotina de estudos se estabeleceu: todos os dias, às duas da tarde, estávamos na biblioteca. Primeiro, conversávamos um pouco. Depois, estudo sério. Com isso, fomos criando uma certa intimidade, andávamos para cima e para baixo de braços dados, no intervalo das aulas vivíamos nos abraçando, trocando beijinhos e carinhos inocentes, fazendo cafuné nos cabelos. Descobrimos afinidades capitais: música, literatura, cinema. Nosso jeito de ver a vida era parecido: aquela ambição ingênua de mudar o mundo, de consertar tudo o que estava errado. Eu já não cabulava, até estava conseguindo me concentrar um pouco mais nas aulas. E o melhor: minhas notas estavam voltando a ser boas.

Quem não se conformava com a situação era o Márcio. Ele andava espalhando pela escola alguns boatos sobre mim, com a esperança de que algum chegasse até Marisa e abalasse nossa amizade. Para disfarçar a perseguição, Márcio ficou mais amistoso comigo, quase cordial. Na frente da Marisa, ele chegava até a ser simpático. Enquanto isso, às nossas costas, ia tecendo sua rede de intrigas. Comentei com Dinho a mudança:

– Você reparou como o Márcio está mudado? Parou de me encher o tempo todo, assim, sem mais nem menos.

– E o que você está achando disso?

– Eu? Estou achando um alívio! Não agüentava mais aturar o Márcio me dando patada *full time*!

– Eu estou achando esquisito, isso sim!

– Por quê, Dinho? O que te incomoda?

– Não sei, mas acho esse cara uma víbora. Como diriam os índios americanos, é um língua-dividida.

– Língua-dividida?

– Falso até o último fio de cabelo, sacou? Eu não dou minhas costas para ele nem que me paguem!

– Ah... vou ficar esperta.

– Acho bom, minha querida, acho bom!

Mudamos de assunto, pois Marisa vinha chegando para falar comigo:

– Estou com um problema hoje, não vamos poder estudar no Centro Cultural.

Fiquei arrasada, imagino a cara de decepção que fiz. Suspirei e falei sem nenhuma convicção:

– Tudo bem, não tem problema. Eu vou tentar estudar sozinha – falei num tom de voz quase inaudível.

– Não, você não está entendendo. Eu tenho de ir para casa porque vai alguém lá entregar um documento, um envelope, sei lá, e não vai ter ninguém, vou ficar de plantão. Queria te convidar para almoçar comigo lá em casa e depois estudarmos. Que tal?

– Eu topo! – aceitei rapidinho, com medo de que ela mudasse de idéia.

Fomos os três até a estação de metrô. Nas catracas, a Marisa convidou o Dinho para nos acompanhar no estudo.

– Ah, não vai dar, Má! Valeu, mas eu já tinha combinado de encontrar um amigo – Dinho me deu uma piscadinha e emendou baixinho, enquanto me abraçava – Me deseja boa sorte, minha amiga.

– Que pena, Dinho! Tchau – despedi-me, pois tomaríamos trens para lados opostos.

Discretamente, mostrei para ele minha mão em figa, mas mal consegui disfarçar o alívio que senti por sua retirada estratégica. Eu estava muito confusa, não entendia bem minhas reações naqueles dias: alegria e tristeza se alternavam com muita rapidez. Nem me dei conta da euforia com que tomei o braço de Marisa, enquanto caminhávamos para a plataforma. Nem imaginava, tampouco, a reviravolta que minha vida estava começando a dar.

4

– Menina, que horas são?!? – perguntei assustada.

Marisa olhou o relógio e deu um pulo:

– Nossa, faltam cinco minutos para a meia-noite!

– O quê?!? Meu Deus, perdi o metrô! Como vou fazer para voltar para casa?

– Não vai voltar, Fernanda, não tem ônibus para Santana nesse horário.

– E agora?

– Ué, agora você vai dormir aqui em casa, óbvio!

– Não vai te atrapalhar?

– Que mania você tem de achar que sempre vai me atrapalhar! Pára com isso, relaxa! Claro que não vai me atrapalhar, é só colocar o colchonete no chão e dormir.

– Como a gente pôde perder tanto a noção da hora? – perguntei intrigadíssima.

– Pois é, mas perdemos.

Foi tudo muito estranho naquele dia, mas muito envolvente também. Chegamos ao apartamento da Marisa um pouco antes das duas da tarde. O apartamento era bem grande, com quatro quartos, uma sala imensa e, curiosamente, uma cozinha minúscula. Fiquei impressionada, pois não achava que a Marisa tivesse dinheiro, ela era muito simples, mas o apartamento, além de muito grande, era muito bem mobiliado. Não sei se não consegui disfarçar minha surpresa, ou se ela simplesmente a intuiu:

– Quem vê minha casa pensa que estamos montados na grana, né?

– É um belo apê, Marisa!

– É, mas não é nada disso. Até já tivemos mais dinheiro, mas nunca fomos ricos. Esse apartamento minha mãe herdou de meus avós. É tão grande porque eles tiveram seis filhos!!

– Puxa, você tem um monte de tios e tias.

– É. família grande, tradicional, cheia de regras e de querer dar conta da vida de todo mundo. É difícil, sabe? Tanta gente querendo cuidar de mim não dá certo. E eles são ultracaretas, um saco!

Na cozinha, fomos cuidar do almoço. Ela esquentou a comida que estava no forno e fritou uns bifes, enquanto eu punha a mesa seguindo suas instruções:

– Pega a toalha ali na fruteira.

– Essa daqui?

– Essa mesma. Os pratos estão naquele armário da direita.

– Tá, e os talheres?

– Aqui na gaveta, não na primeira, na segunda de baixo para cima.

– Copos?

– No armário ao lado de onde estão os pratos. Ah, e pega os guardanapos ali no bufê.

Tudo pronto, comemos lentamente, dando risada e falando sem parar. Depois do almoço, enquanto nos preparávamos para começar a estudar, a campainha tocou. Marisa atendeu e voltou de lá sacudindo um envelope grande:

– Missão cumprida, entregaram o tal documento! Fernanda, nós vamos lá para o meu quarto, pega suas coisas.

– Tá.

Eu sempre me sentia um peixe fora d'água, mas quando entrava na casa dos outros, era pior ainda. Ficava toda encolhida, com medo de derrubar alguma coisa. Como sou muito estabanada, sempre acabava quebrando a estátua de porcelana da dinastia ming, ou derrubava café na rara gravura do pintor famoso. Era uma verdadeira paranóia. Sentia uma inveja mortal das pessoas que sabiam onde pôr as mãos, tinham noção de espaço e tempo e de até onde seus pés chegavam. Marisa tinha tanta desenvoltura em qualquer lugar, eu achava aquilo o máximo. Claro que, no caminho até o quarto, esbarrei numa prateleira, derrubei vários livros. Fiquei arrasada.

– Calma! Não precisa ficar estressada – Marisa ia falando, enquanto recolhia tudo do chão. – Pronto, não foi nada. Já está tudo no lugar.

Fiquei tão constrangida, que nem me movia mais. Ela me tomou pela mão, foi me guiando pacientemente até o quarto.

– Pronto, aqui você pode ficar à vontade. Este lugar é meu mundo, ninguém se mete com minhas coisas. Senta aqui comigo, vem – seu tom de voz era calmo, tranqüilizador. – Relaxa!

Sentamos lado a lado na cama e começamos um papo ameno. Eu estava tensa e, o que é pior, morrendo de preguiça de estudar, mas não ia entregar o jogo de jeito nenhum. Afinal, eu queria manter minha palavra, queria mostrar serviço.

Enquanto conversávamos, eu ia inspecionando discretamente o quarto. Não por nada, estava apenas reconhecendo o terreno. Fiquei surpresa com a estante de livros, quatro prateleiras grandes, completamente cheias. Identifiquei muitos autores bons, que eu já tinha lido e gostava: Machado de Assis, Carlos Drummond de Andrade, Fernando Pessoa, Manuel Bandeira, Eça de Queirós, Lígia Fagundes Telles, Dostoiévski, Jorge Luís Borges, e outros tantos que eu admirava sem nunca ter lido, como José Saramago, Sartre, Oscar Wilde. Não pude deixar de perguntar:

– Você já leu todos estes livros?

– Já, alguns eu li mais do que uma vez, mas não muitos – ela falou com simplicidade.

Fiquei assombrada, minha admiração por ela aumentou vertiginosamente. Conversamos um pouco sobre literatura, enquanto eu continuava checando a estante. De repente, reparei num cantinho, quase que dissimulados, vários romances policiais da Agatha Christie. Apontando para eles, brinquei:

– Ahá! Você também lê Agatha Christie!! – exclamei como quem dá um flagrante.

Ela ficou meio desconcertada, mas apenas por instantes. Logo, me respondia à queima-roupa:

– Adoro os livros dela, são um ótimo passatempo. Qual é? – desafiou – Só posso gostar de alta literatura?

Comecei a rir, enquanto tentava explicar que eu também tinha vários livros da Agatha Christie.

– Parece que a gente gosta de coisas bem parecidas, né? – ela ria também.

Reparei em uma bíblia em couro e em uma pequena estátua de santo, muito delicada, que estava em cima da estante. Lembrei de minhas aulas de religião no colégio de freiras:

– São Judas?

– É, o santo das causas impossíveis. Eu converso muito com ele.

– Você é muito religiosa? – apontei para a bíblia.

– Ah, eu tenho muita fé. E gosto de ir à missa.

– Você já estudou em colégio católico?

– Não, nunca estudei em escola religiosa.

– Ah, mas então é por isso. Você não conhece a religião por dentro. Eu fiquei totalmente descrente.

– Que pena! – havia tristeza na voz dela – É muito bom contar com Deus como companheiro! Mas o que te deixou tão cética?

Falei da hipocrisia que eu senti no meu colégio antigo, dos sentimentos piedosos sempre encobertos por atos pouco cristãos. Acabei contando o que eu mesma vivi quando perdi a minha bolsa.

– Sabe o que é isso? Eu estava totalmente perdida, sem rumo na vida, e em vez de me acolher, de me estender a mão, as freiras me deram um belo chute no traseiro: "Você é a ovelhinha negra a desviar o rebanho, fora!"

– Bem, tenho de respeitar sua experiência, não posso pedir para você fingir que não se sentiu abandonada, mas minha história com Deus é diferente! E com a religião também – completou com entusiasmo. – Faço parte do grupo de jovens e tenho grandes amigos na igreja. Participo das campanhas de auxílio nas comunidades carentes, é supergratificante!

– Bom para você – falei em tom baixo, sentindo de repente uma tristeza profunda. A inevitável dor me cercando de novo. Fiquei calada e Marisa notou que minha expressão havia mudado.

– Deita a cabeça aqui no meu colo, vou cuidar de você. Não sei o que te aconteceu, mas dá para notar que te fez muito mal!

– ...

A tristeza embargou minha voz. Para não chorar, preferi ficar calada, sentindo o toque bom dos dedos dela em meus cabelos. Me dava tal sensação de acolhimento, que me deixei ficar ali, naquele colo aconchegante, saboreando alguns minutos de proteção.

– Tudo bem, se você não quiser falar, eu vou entender. Mas se você conseguir falar, acho que pode te aliviar bastante. Olha como você está tensa, parece uma panela de pressão pronta para explodir! – ela dizia, enquanto pressionava meus ombros com os dedos.

– É difícil. Dói muito falar disso tudo, desculpa.

– Tenta, vai?

Era tanta meiguice na voz de Marisa, que não pude evitar. Contei-lhe toda a história da morte da Gabriela, dos meus pais, das brigas, da falta de dinheiro, da mudança de colégio. Comecei a falar e tudo foi saindo sem freio, como se ela tivesse desbloqueado alguma trava minha – uma avalanche de sentimentos tristes, palavras saindo aos borbotões, a mão dela no meu cabelo. Chorei, chorei muito, primeiro aos soluços, depois baixinho, quase como uma reza monótona. Ela ficou ali, só ouvindo, só me amparando.

– Nossa, que história doída!

– ...

Depois de um longo silêncio, consegui falar bem baixinho:

– Obrigada, eu nunca tinha falado disso para ninguém. Desculpa?

– Olha, vamos combinar uma coisa – ela me cortou. – Você só pede desculpas se me fizer algum mal, combinado?

– Tá.

Que bom foi desabafar, que alívio. Eu comentei com ela:

– Parece que eu tirei quilos de chumbo da alma!

– Sabe o que você me lembrou? – esticou a mão, pegou um livro na estante e abriu. – Aquele trecho do poema do Drummond que diz assim:

Alguns anos vivi em Itabira
Principalmente nasci em Itabira.
Por isso sou triste, orgulhoso: de ferro.
Noventa por cento de ferro nas calçadas.
Oitenta por cento de ferro nas almas.

– É lindo! Eu adoro – comentei sorrindo.

– Eu também. Drummond é um dos meus livros de cabeceira.

Engatamos num papo descontraído sobre poesia brasileira. Fomos relaxando. Fui ao banheiro, lavei o rosto, dei um tempo para minha cara desamassar. Ao voltar para o quarto, notei que tinha mais gente na casa, havia luzes na sala. Entrei e vi Marisa com um livreto na mão.

– Olha só o que vi neste almanaque: hoje é o último dia do outono!

– Acho que minhas últimas folhas acabaram de cair! – brinquei, já bem mais relaxada. – Chegou alguém?

– Deve ser meu irmão chegando do trabalho. Vou dar uma espiada e trazer alguma coisa para a gente comer, tá?

– Tá.

Ela voltou da cozinha com uns sanduíches, coca-cola e a notícia de que seu irmão estava de saída para a faculdade.

– Estudar que é bom... – fui brincando, enquanto devorávamos os sanduíches de presunto e queijo.

– É, hoje fui eu quem deu mau exemplo – ela comentou entre séria e preocupada. – Mas hoje é sexta, amanhã nem tem aula. Uma vezinha só não faz mal!

– Me fez foi muito bem! – suspirei aliviada. – Marisa, eu te contei toda a minha vida e agora percebi que não sei quase nada de você.

– O que a madame deseja saber? – ela brincou com a minha seriedade.

– Ah, sei lá, só todos os seus segredos mais íntimos – falei já rindo.

– Engraçadinha!

– Conta o que você quiser, só para a gente equilibrar e eu não ficar como a única faladeira do dia.

– Então tá: tenho um irmão mais velho, Guilherme, moramos nós dois com minha mãe. Meu pai mora em Caxias do Sul, no Rio Grande do Sul, e nós o vemos apenas três ou quatro vezes por ano – nas férias, no nosso aniversário e no dele. Mas nos falamos quase todos os dias pelo telefone. Nossa conta é sempre altíssima!

– Faz tempo que eles se separaram?

– Hum, deixa eu ver... eu tinha dez anos. É, vai fazer uns sete anos no final do ano!

– Puxa, é bastante, hein? – perguntei surpresa. – Você não sente falta dele?

O rosto de Marisa ficou sombrio, sua voz saiu baixa, triste:

– Eu sinto falta, sim! Aliás, sinto muita falta, porque ele é um cara especial, sabe? Nos entendemos muito bem, parece que ele sempre sabe o que está acontecendo comigo.

Então Marisa ficou muito tempo contando sobre seu pai: como ele era inteligente, carinhoso, bem-humorado, espirituoso, amigo, conselheiro, culto, aberto. Quando ela parou de falar, esperei alguns instantes para perguntar:

– E sua mãe?

– Nos damos bem também, mas ela é mais calada, conversa menos. Ela é gente boa, mas tem aquele jeito meio amargo de quem sofreu muito na vida, sabe? Às vezes, eu sinto que criar os filhos foi um peso para ela, principalmente sozinha. Numa família careta como a dela, separações não são muito bem-vindas, por mais que sejam justas.

– E você sabe por que eles se separaram?

– Bom, é uma história muito nebulosa, a gente ainda não tem a versão completa, só a oficial.

– E qual é a oficial?

– Meu pai foi transferido para Caxias do Sul, mas minha mãe não quis acompanhá-lo, pois teria de interromper sua carreira na universidade. Como eles já andavam se desentendendo um pouco, decidiram amigavelmente pela separação.

– Você acha que tem algo mais?

– Hum! Muito mais! Tem um cheiro de traição aí. Ninguém nunca fala disso para a gente, é tabu da família, mas alguém pulou a cerca e outro alguém não gostou nada.

– Quem fez o quê?

– É incrível, mas não sei. Nem meu pai conta, pois diz que ele e minha mãe fizeram um acordo que ele quer respeitar. Só sei que eles foram elegantérrimos, não houve briga em público, nem tiros, nem choradeira. Mas aí a gente tem de engolir esse mistério todo.

– Difícil, hein? Lá em casa é o oposto, as brigas são cada vez mais públicas. Eu detesto, mas por outro lado, sei exatamente o que se passa com eles.

– É muito duro não saber, muito mesmo. Mas um dia, quando eu tiver menos escrúpulos, ou quando tiver um tanto mais de coragem, vou dar um jeito de saber, pode escrever!

– Quero ver, Sherlock! – brinquei, para descontrair um pouco.

– Vai ser elementar, meu caro Watson!

Ela devolveu a brincadeira e começamos a falar de romances policiais e de literatura novamente. E daí passamos à música, depois ao vestibular, às aulas do colégio, enfim, o papo foi se estendendo, sem que nos déssemos conta do rápido fugir das horas. Quando ouvimos barulho de chaves e de gente entrando na sala, me lembrei de perguntar as horas – era o Guilherme voltando da faculdade! – mas já era tarde demais!

– Você acha que ligo lá em casa? Está tão tarde, minha mãe pode estar dormindo.

– Como funcionam as coisas lá? Você costuma dormir fora?

– Ah, sim, mas eu sempre aviso com antecedência. Nunca aconteceu de perder a noção do tempo assim.

– Então é melhor ligar.

Peguei o telefone e disquei, ansiosa, tensa.

– Mãe?

Ela desandou a falar aquelas coisas de mãe – "onde você está, sabe que horas são, por que não ligou antes, estou superpreocupada, seu pai perdeu o sono, blá, blá, blá" – e nem deu um segundo para eu me explicar. Afastei o telefone do ouvido, mostrando para Marisa o que estava acontecendo. Ela ficou rindo baixinho da minha cara.

– Mãe? – tentei de novo.

– Blá, blá, blá!

– Mãe – falei bem alto, quase um grito – deixa eu falar um pouco?

– ...

– Estou na casa da Marisa, vim estudar e perdi o metrô. Vou dormir aqui hoje. Você tem o telefone daqui?

– Como perdeu o metrô? Isso é um absurdo! Blá, blá, blá!

– Mãe, eu te explico melhor amanhã, anota o número, tá? – ditei-o lentamente, dando-lhe tempo para escrever. – Amanhã eu não tenho aula, volto assim que acordar, tá?

– Fernanda, isso não se faz! Ficamos morrendo de preocupação com você.

– Tá, mãe, já sei, me desculpa? Não foi por mal. Boa noite, mãe!

– Está bem. Boa noite, filha. A gente conversa depois. Um beijo.

– Outro!

Desliguei o telefone, já estava com aquele terrível sentimento de culpa de novo. Não tinha estudado nada, não tinha voltado para casa, não tinha avisado meus pais, minha mãe estava com aquela voz cansada, acordada até aquela hora. Marisa percebeu que eu não estava legal, parou de rir e comentou, como se soubesse exatamente o que se passava comigo:

– Relaxa, Nanda! – ninguém me chamava assim, fiquei surpresa. – Você falou a verdade, não fez por mal. Vamos dormir e amanhã você se explica para ela, tá?

Marisa falava com um jeito tão doce que desfez rapidamente meu mal-estar.

– É, você tem razão. Você é sempre tão lúcida! Sabe que isso me intimida às vezes?

– Bobagem, eu sou como todo mundo! – ela falou com uma falsa modéstia indescritível.

Disfarcei um sorriso e perguntei:

– E sua mãe? Não chegou? Ela não veio falar com você.

– Ela está participando de um congresso no México. Você sabe, ela está muito bem na universidade e, quando o departamento dela foi convidado para expor, o chefe pediu que ela fosse a representante. Eu tenho o maior orgulho dela!

Marisa ia falando, enquanto subia em um banquinho, abria uma porta de armário e pegava um colchonete. Quando ela o abriu, um cheiro terrível invadiu o quarto, alguma coisa ali estava mofada, apodrecendo. Ela saiu rapidinho – e xingando –, levando o colchonete para a área de serviço. Depois de uns minutos, voltou:

– Fernanda, meu colchonete está meio podre – ela riu – e eu não sabia. Eu emprestei para o Paulo Fernando acampar e acho que o safado me devolveu molhado, eu nem tinha reparado. Perguntei se o Guilherme tinha um, ele disse que não, o dele está com a Thays, sua noiva. Assim, você tem duas opções, nenhuma muito interessante, acho.

– Quais são?

– Você pode dormir no quarto de costura, tem um sofazinho lá, mas não é muito confortável.

– E a outra?

– Dormir na minha cama.

– Mas... e você?

– Ué, nós duas somos magrinhas, cabemos no mesmo colchão! Isso é, se você não roncar, nem babar no travesseiro.

Caí na gargalhada e, óbvio, escolhi a segunda "terrível" opção. Eu não me incomodaria em ficar num sofazinho desconfortável, mas não queria ficar sozinha. Pedi para ela me emprestar uma camiseta e nos acomodamos. Ficamos ambas de camiseta e calcinha sob uma coberta leve, com os corpos seminus quase colados.

Marisa adormeceu logo, segurando minha mão. Eu sentia aquele hálito bom e quente no meu rosto, sentia a proximidade do seu corpo quase tocando o meu. Perdi o sono. Uma agitação tomava conta de mim, mas eu não queria me mover. Sentia um calor bom por dentro e arrepios intermitentes. Não conseguia entender direito aquelas ondas de sensações fortes que passavam por todo o meu corpo, testavam meus nervos, bagunçavam minha alma. Sentia uma vontade absurda de abraçá-la, de beijá-la.

Olhei atentamente cada detalhe de seu rosto, sua feição angelical durante o ressonar tranqüilo – achei-a ainda mais linda. Pressionava suavemente os dedos da mão dela que repousava na minha, como que para me assegurar daquele contato prazeroso. Pressentia cada músculo de seu corpo, cada veia minha ainda mais à flor da pele. Minha respiração se acelerava, meu corpo doía todo, pulsava inquieto, porém imóvel. Um desejo doido de me agarrar a ela como um náufrago se agarra a seu salvador – com desespero, com avidez e fúria. Queria me afogar em seu colo, queria beijá-la todinha, dos dedos do pé até o último fio de cabelo.

Com medo de acordá-la e ser surpreendida naquele inferno em que meu corpo ardia, procurei relaxar. Não adiantou. Quase em delírio, febril, ousei tocar muito suavemente os meus lábios nos dela. Senti algo como um forte choque elétrico de milhares de volts. Ela sorriu dormindo, o que varreu de mim qualquer esperança de serenidade. Só depois de muito tempo, sosseguei. Demorei para conseguir dormir. E por muito tempo me lembrei de cada segundo daquela noite interminável, confusa, deliciosa!

5

No dia seguinte acordei como se estivesse com uma grande ressaca. Meu corpo estava todo dolorido; minha cabeça, latejando. Meus olhos pareciam grudados, mal conseguia entreabri-los. Por não estar acostumada, fui me levantando e tentei sair da cama, mas pelo lado errado! Dei uma cabeçada na parede, soltei um palavrão e, finalmente, consegui abrir meus olhos. O quarto estava girando, tive uma certa dificuldade para me localizar no tempo e no espaço. Aos poucos, fui me lembrando daquela longa noite e acordei de vez, assustada – o que tinha sido aquilo?

Envergonhada, sem saber o que estava sentindo, nem mesmo o que poderia falar para Marisa, fui olhando à minha volta, tentando achar algum sinal dela. Nada. Levantei-me e fui ao banheiro. Lavei longamente meu rosto, jogando muita água – quem sabe não conseguia lavar a alma assim? Tentei colocar a cabeça toda debaixo d'água, lavar meus pensamentos e desejos malucos, mas não deu certo. Parei, peguei a toalha, me enxuguei. Respirei fundo e pensei, sem nenhuma lógica: "Se alguém me perguntar algo, nego tudo!"

Saí do banheiro e fui até o quarto, dando passadas lentas e desconfiadas. Um silêncio mortal tomava todo o apartamento. Entrei no quarto, me troquei – só então reparei que havia ido ao banheiro de calcinha! – e saí de novo, agora em direção à cozinha. Na sala de estar, sobre a grande mesa de mogno, havia um bilhete escrito com a letra firme de Marisa:

Nanda,

desculpe-me o mau jeito, mas é que ficou tarde e eu tinha uma reunião importante na igreja – hoje é meu primeiro dia como educadora de adultos, torce por mim! Não quis te acordar, pois achei que você merecia descansar. Guilherme foi viajar de manhã, pode ficar à vontade. Volto perto das 18h e, se quiser, me espere. Tem café da manhã e comida na cozinha, sirva-se.

Um beijo,
Marisa

Naquele instante, quase recomecei a acreditar em Deus, pois eu estava sem nenhuma coragem de encarar a Marisa, nem ninguém mais. "Todos estes compromissos foram obra da Providência", pensei. Fui até a cozinha, a mesa estava posta: xícara, leite, biscoitos, pão e café. Pensei em tomar um gole rápido de café, mas desisti. Parecia-me que levaria uma eternidade para abrir a garrafa térmica, colocar açúcar na xícara, servir, mexer e engolir. Olhei para o relógio e levei um choque. Eram quase três da tarde! Arrumei a mesa e lavei a louça que estava na pia – fiz tudo correndo, como se meu tempo estivesse se esgotando. Peguei minhas coisas, escrevi um bilhetinho rápido de agradecimento e caí fora. Na verdade, eu fugi!

Estava tão desorientada, que andei na avenida para o lado errado. Demorei alguns minutos para notar o erro, então dei meia volta e caminhei para a estação do metrô. A confusão de carros, ônibus, lojas, gente passando, deixava-me aturdida, meio sem rumo. Notei que de vez em quando levava a mão à boca e acariciava meus lábios. Então lembrava daquele beijo furtivo, roubado na madrugada, traiçoeiro. Parecia sentir o cheiro de Marisa colado em mim, seu hálito quente ainda tocando meu rosto. Sabe, eu não conseguia pensar em outra coisa, parecia que estava enlouquecendo. Assustei.

Em casa, me desculpei muito com minha mãe. Ela percebeu minha sinceridade, abrandou a voz, esqueceu as broncas e me convidou para irmos ver minha avó.

– Mãe, posso te deixar na mão? Estou querendo estudar um pouco mais, já dormi demais hoje. Você não se importa se eu for para o meu quarto e ficar lá estudando?

Fugir, fugir. Não queria ficar com ninguém, muito menos correndo o risco de dar bandeira daquele enorme tumulto que acontecia em mim. Tenho certeza de que minha mãe não precisaria nem de dez minutos para começar a fazer perguntas e pesquisar meu íntimo. Fugir, rápido!

Fui para o meu quarto e fiquei, hora após hora, minuto após minuto, relembrando cada palavra da minha conversa com Marisa. Cada gesto, cada susto e cada tremor daquele tempo em que velei o sono dela. E o beijo roubado – meus lábios tremiam cada vez que me lembrava da cena. A minha aflição se misturava com a delícia de todas as sensações, meu medo se enredava nas sobras do desejo não realizado.

O resto de sábado se foi rapidamente. O domingo foi longo, arrastado. Me sentia agitada, ansiosa, queria que chegasse logo a segunda, queria ver Marisa, falar com ela. E a vergonha? Estava lá dentro de mim, firme, resoluta, inabalável. Mas fui percebendo que a saudade de Marisa se impunha com violência e tudo o mais perdia a importância. Quando consegui definir que aquele sentimento que me avassalava era saudade, consegui ficar um pouco mais calma e domei o resto do dia.

No dia seguinte, despertei de um sono mal dormido – tinha passado a noite virando de um lado para o outro – com uma urgência de sair, de estar em outros cantos. Voei para o colégio, sentindo uma enorme impaciência na viagem de metrô. Quando vi o Dinho, me assustei: "Ele vai perceber! Ele parece sempre sacar tudo", pensava aflita. Cheguei brincando e fui logo puxando meu amigo de lado e perguntando (a lógica era que quanto mais eu perguntasse, menos ele teria tempo de o fazer!):

– Dinho, que papo era aquele de "já marquei de encontrar um amigo"? Pode contar tudinho, quero detalhes!

– Hum, curi – óó – sa!!!

– Conta, voltou com o Bob? – perguntei discretamente.

– Não, minha querida, não voltei, infelizmente.

– Quem era o amigo, então?

– Ah, é um novo amigo. Chama-se Pedro, tem dezenove anos, é lindo de morrer!

– E aí? E aí? – eu perguntava numa ansiedade de quem queria estar vivendo aquela história. – Como vocês se conheceram? O que rolou?

– Nossa, você está ansiosa!

"Droga", pensei, "tudo em vão, ele já percebeu". Mas o que eu ainda não sabia é que o Dinho, sempre tão observador e perspicaz, também tinha uma capacidade imensa de voltar-se para si e olhar apenas seu umbigo: dependia da intensidade ou da gravidade dos acontecimentos. Para minha sorte, ele estava empolgadíssimo com sua aventura.

– Mas vou quebrar seu galho só desta vez. Eu o conheci numa boate gay aonde tinha ido para afogar minhas mágoas. Isso foi na quinta. Você não notou que eu estava com sono e muito distraído na sexta?

– Não sei se reparei, mas conta!

– Ele me abordou logo que cheguei, pediu um cigarro, puxou conversa. Depois, sem mais nem menos, me deu um puta beijo!

Lembrei do meu beijo furtivo, levei a mão aos lábios, senti um arrepio.

– Marcamos de nos encontrar na sexta à tarde, fomos no cinema e depois fomos num barzinho. Nem quero te contar que a noite acabou no inevitável motel – Dinho contava entre suspiros. – Foi maravilhoso, minha amiga!

– Nossa, mas e o Bob?

– Ah, eu amo aquele desgraçado, isso vai demorar para passar. Mas posso dar uma ajudazinha, né? Enquanto eu estava com o Pedro, te juro, não lembrei nenhuma vez do outro, o safado!

– E vocês estão namorando? – eu estava um pouco perplexa, pois imaginava que o amor fosse eterno, sofrido, como nos romances, como nas novelas. Naquele instante me dei conta de que eu era ultra-romântica.

– Não, ele é do interior, veio passar uns dias aqui e voltou no sábado para casa. Foi só uma aventura, só sexo.

Estremeci de novo, meu corpo respondendo a um estímulo novo, que eu ainda não sabia controlar. Dinho cabulou aula com uma parte da turma. Eu entrei no colégio e me esforcei para assistir às aulas. Tédio mortal, ansiedade, pressa, a manhã não passava, eu estava nervosa, com sono, irritada. Quando soou o sinal, corri até a pracinha onde sempre encontrava a Marisa.

Ela ainda não tinha chegado, fiquei perdida por ali, roendo as unhas, mal reparando nas pessoas que me cumprimentavam. Uns cinco minutos com jeito de eternidade se passaram, então ela apareceu. Vinha toda sorridente em minha direção, gingando de um jeito que me encantava. O sorriso sedutor, achei que ia explodir de alegria. Toda tensão que eu sentia se dissolveu como um passe de mágica no abraço e no beijo no rosto que trocamos. Ela estava linda, linda, linda.

Conversamos o tempo todo, agora com aquela intimidade de quem já se despiu para alguém de corpo e alma. Marisa brincou comigo, dizendo que eu era a pessoa mais dorminhoca que ela já conhecera. Fez piadas, deu tapinhas nas minhas pernas, estava exuberante, repleta de contentamento. Fiquei encantada ali, meio que aparvalhada, sem nem me dar conta de que estava sendo o centro das atenções da roda. Apenas em um instante fugaz notei o Márcio rilhando os dentes e destilando veneno com o olhar. Senti um arrepio, como se tivesse visto assombração, mas nem liguei. Estava feliz.

Quando o intervalo acabou, subi para a sala de aula como que nas nuvens, toda distraída, meio que perdida. Não consegui prestar atenção a nada, mas devo ter dado muita bandeira, porque o Serginho, o gordinho que sentava na frente, comentou quando eu saía da classe, ao final das aulas:

– Fernanda, você está com um jeito de apaixonada!

– Apaixonada, eu? – senti como um soco no estômago, vi tudo escuro, estrelas, o mundo girando, girando. – Bobagem, Serginho!

– Bom, pelo menos está apresentando todos os sintomas! – ele brincou, como se estivesse me examinando.

Saí de lá com a cabeça a mil, o coração meio que pára-não-pára, trabalhando desordenado, sem ritmo, sem lógica. Apaixonada?! Então era isso!

6

Aquela semana, a última antes das férias, foi muito tumultuada para mim. Ao mesmo tempo em que eu tinha de estudar para as provas do bimestre, tinha de aprender a lidar com sentimentos muito estranhos, aos quais não estava habituada.

Percebi que o Serginho tinha toda a razão, pois enquanto estava com a Marisa, eu sentia alegria, euforia, sei lá, era um contentamento convulsivo, avassalador. Bastava, entretanto, nos separarmos para eu sentir uma tristeza tão aguda que se assemelhava a um desejo de morte, de arrasar a alma. Chegava em casa depois do estudo da tarde, me jogava na cama e ficava sonhando acordada. Naqueles dias, mal conversava com meus amigos, não tinha vontade de sair, de fazer nada. Até minha mãe estranhou:

– Fernanda, você deve estar doente, filha! Não é normal essa moleza toda. Você anda se alimentando direito?

– Estou me alimentando bem, mãe – eu respondia com impaciência. – Está tudo bem comigo, me deixe ficar quietinha um pouco, tá?

– Você anda estranha, filha, estou preocupada.

– Estou estudando muito, mãe, é isso – eu respondia num tom cortante, tentando encerrar logo a conversa.

Claro que eu não estava me alimentando direito, onde andava a fome? E o duro é que eu mal conseguia admitir para mim mesma que estava apaixonada pela Marisa, como poderia querer que minha mãe, ou qualquer pessoa, pudesse me entender? Na verdade, eu não queria compreensão, queria apenas sossego.

A primeira fase foi a de saborear a paixão, sem me incomodar muito com o que faria com ela – me bastava sentir. O mais importante era conseguir estar com a Marisa o maior tempo possível: no intervalo das aulas, à tarde estudando e a noite toda – sonhando com ela! Quando me dei conta de que em alguns dias estaríamos de férias, entrei em pânico. Marisa certamente passaria as férias de julho com seu pai e eu teria de amargar uma solidão imensa, insuportável. Como sobreviver?

Em toda aquela semana, estudamos bastante durante as tardes e conversamos um pouco. Tínhamos provas todos os dias, o que tornou nossos encontros um tanto mais sérios, pois era preciso dar conta das matérias e sobrava pouco tempo para os papos e brincadeiras. Mesmo assim, o aconchego e o carinho foram se mostrando mais intensos, a intimidade entre nós se revelava nos gestos mais simples do cotidiano. Quando nos encontrávamos e quando nos despedíamos, por exemplo, sempre havia um abraço, que agora era mais apertado, mais demorado.

Na véspera da última prova, estudamos matemática e física, matérias áridas para quem sonhava com jornalismo. Depois de duas horas desbravando fórmulas e exercícios, demos um tempo para descansar. Ela estava toda feliz.

– Nanda, amanhã à noite eu vou pegar o ônibus para Caxias do Sul, no sábado já vou estar com meu pai, não é demais?!

– Que legal, Marisa – era evidente a minha falta de entusiasmo.

– Nossa, o que aconteceu? Você nem parece feliz com a chegada das férias.

Como explicar que não estava mesmo, que estava achando horrível ela ir para tão longe, me abandonar por um mês inteiro, sem mais nem menos? Como dizer para Marisa que, por mim, teríamos mais dezoito meses seguidos de aulas, sem sábado nem domingo, só para continuar estudando assim, com o braço colado no dela, sua perna roçando a minha sem querer? Ou, pelo menos, como fingir melhor? Inventei qualquer desculpa, não queria dar bandeira de jeito nenhum!

– Estou feliz com as férias, mas é que ainda não descolei nada de legal para fazer e não queria ficar em casa. Você sabe, né?

– Ah, não esquenta a cabeça, você vai acabar descolando uma viagem bacana. Quer viajar comigo? – ela brincou.

O tom de brincadeira era evidente demais para eu acreditar naquele convite, então declinei com firmeza, mas com dor no coração.

– Amanhã a gente podia comemorar depois da prova, o que você acha? – ela perguntou de repente.

– Legal! Eu topo!

No dia seguinte, almoçamos juntas depois da aula e fomos bater perna na avenida Paulista. Descobrimos uma lojinha de artesanato muito bonita, escondida entre lanchonetes e livrarias. Ficamos fuçando na loja. Eu comprei uma pulseirinha de couro muito bacana. Ela comprou um colarzinho de cordonê com um pingente feito à mão. Caminhamos até a estação de metrô lentamente. Na estação Paraíso, despedimo-nos entre abraços e beijos:

– Boa viagem! Manda um abraço para o seu pai, diz que ele ganhou uma admiradora, tá?

– Legal, Nanda. Boas férias, vou torcer para você também viajar, viu? Tchau!

– Tchau.

Cada uma se virou para o seu rumo e começou a andar. De repente, ouço a voz dela:

– Nanda?

Virei-me rapidamente, ela estava voltando em minha direção com um embrulhinho nas mãos:

– Eu ia esquecendo, comprei isso para você, lá na lojinha. Toma!

– É lindo! – exclamei, ao abrir o pacote e encontrar um anel simples, de metal e avalone em lindos tons de azul e verde. Obrigada!!!

– Achei que combinava com seus olhos azuis.

Abraçamo-nos de novo, senti aquele estremecimento percorrendo meu corpo.

– Vou sentir saudade! Se cuida, hein? – ela falou bem baixinho.

– Eu também vou. Tchau.

– Tchau!

Então ela se foi mesmo. Meu coração disparou, minhas mãos tremiam, eu suava frio. Fiquei totalmente perdida, sem rumo. No meu ouvido, aquela frase ficava soando sem parar: *Vou sentir saudade! Se cuida, hein?* Eu sentia uma mistura de tristeza pela partida e euforia pela demonstração de carinho. *Vou sentir saudade! Se cuida, hein?* E só ficava olhando para o anel no meu dedo o tempo todo, até trombava com as pessoas no caminho, mas nem ligava. *Achei que combinava com seus olhos azuis.*

Cheguei em casa no comecinho da noite, com a cabeça dando voltas e mais voltas. Aquele anel no meu dedo não era imaginação, não era fantasia. Ela tinha escolhido para mim! Fiquei em meu quarto me lembrando de cada detalhezinho daquela tarde, de cada sinal. Então começou a segunda fase da paixão.

Acabei tendo sorte em julho: minha mãe pôde tirar férias, o que não fazia há mais de dois anos, e fomos para um hotel em Caraguatatuba, no litoral norte de São Paulo, passar quinze dias. Férias na praia de novo. Apesar de ser inverno, não fazia tanto frio e eu adorava sair de manhã para caminhar na praia quase deserta.

Andava até um morro que ficava no canto direito da praia, subia por uma trilha no meio da vegetação e alcançava os rochedos, bem no alto. Então me sentava lá e ficava vendo o mar, ouvindo as ondas se quebrarem nas pedras logo abaixo, sentindo aquele cheiro salgado da maresia. E ficava sentada ali por horas, pensando na Marisa com uma saudade de doer na alma.

Agora, além de recordar cada instante que tínhamos passado juntas, também ficava tentando encontrar dicas, sinais, pistas do que ela poderia sentir por mim. E quando a dúvida me assolava, olhava para o anel no meu dedo e ouvia: *Achei que combinava com seus olhos azuis.*

Pensei em conversar com o Dinho para saber o que devia fazer, mas depois desisti. Não queria ninguém sabendo da história. E se eu estivesse totalmente enganada? E se não fosse nada do que eu estava pensando? E mesmo que fosse, não queria torcida, nem estardalhaço. Então ficava consultando aquela imensidão azul-verde-cinza do mar, procurando as respostas para tantas dúvidas, procurando um meio de descobrir o que fazer.

De novo o mar foi amigo e companheiro, tornou mais branda minha tempestade interna, suavizou meus medos, deixando-me entrever as delícias do amor. Ai, a primeira vez que ousei pensar nessa palavra, quase desmaiei, quase despenquei das pedras, tamanho foi o susto, a vertigem. E, de novo, ficava escarafunchando a memória em busca de gestos, palavras, expressões que pudessem confirmar meu desejo: Marisa também me queria.

De volta para São Paulo, passei os dias restantes das férias estudando. Por incrível que pareça, foi o melhor jeito que encontrei para afastar os pensamentos incongruentes. E apliquei-me especialmente nas matérias de exatas e em biologia, pois assim tinha de fazer esforço maior para me concentrar. Também porque sabia que havia sempre uma resposta certa, precisa, para todas as questões que eu tinha de resolver. Tudo tinha lógica na matemática, na biologia, tudo fazia sentido. Assim, evitava ficar sentindo saudade, medo, dúvida. Estudei muito, mas não fugi da armadilha. Nas horas vagas, Marisa, Marisa, Marisa. Ufa, como isso desgasta a gente, não?

Quando as aulas estavam para começar, tomei uma decisão séria. Iria sondar, já na primeira semana, o que Marisa achava de relacionamentos assim – do amor entre iguais, como eu gostava de pensar. E também continuaria a pesquisar os sentimentos dela em relação a mim. Conforme fosse, pensaria em um jeito de me declarar, de escapar da fúria daquela dúvida e me entregar de vez. Estava resolvido!

No primeiro dia de aula, em agosto, sofri uma pequena decepção: Marisa não viera para a escola. Encontrei Dinho todo bronzeado, os cabelos mais loiros do que nunca, todo *relax*.

– Como é que você está todo morenão em pleno inverno?

– Passei um mês inteirinho em Pernambuco, em Porto de Galinhas. Não faz frio naquela terra, sol e mais sol. Foi uma delícia!

Falamos muito, Dinho estava de ótimo humor, brincamos e rimos a manhã toda. À tarde, resolvemos passear, matar um pouco a saudade. Engraçado, durante as férias, pouco me lembrei dele, mas agora me dava conta do quanto Dinho era importante para mim. Com a ajuda dele, suportei melhor a ansiedade daquele dia.

No dia seguinte, no intervalo, revi Marisa. Ela veio com aquele sorriso apaixonante me cumprimentar. Nos abraçamos por muito tempo, forte, apertado. Carinho descontraído nos cabelos, beijinhos no rosto:

– Que saudades, Nanda!! Como você está?

Conversamos durante todo o intervalo e depois à tarde, quando fomos estudar. Ela me contou sobre seu pai, da nova namorada dele, a Cynthia, com quem se deu muito bem, os vários passeios que fizeram. Ela torcia para que se casassem, seu pai estava mais tranqüilo, feliz como ela nunca tinha visto.

– As outras namoradas dele eram um saco!

Não pude deixar de rir, pois imaginava que ela, quando pirralhinha, devia facilitar pouco a vida das "ex" do pai. Contei-lhe das minhas férias, do pouco frio e do mar. E contei que tinha estudado.

– Nãäoo! Não acredito!! – brincou, fingindo estar em estado de choque.

Ela foi superatenciosa e se lembrou de perguntar pela situação de meus pais.

– Ah, melhorou muito! Minha mãe conseguiu descansar durante as férias, o que ajudou meu pai mudar de astral. Ela estava tão estressada que tudo irritava, tudo disparava algum conflito. Acho que eles resolveram fazer terapia, meu pai foi procurar ajuda médica por causa dos tranqüilizantes, as coisas estão caminhando bem – contei, toda feliz.

– Puxa, que novidade boa, Nanda! Estou muito contente por você!

E ficamos no Centro Cultural quase que só conversando. Depois de receber várias advertências da bibliotecária por não pararmos de falar, resolvemos ir à lanchonete para conversar mais e desistimos do estudo. Eu estava muito compenetrada na minha tarefa, prestava atenção a cada detalhe: cada gesto, cada palavra da Marisa poderiam significar aquele desejado sim. Mas eu me sentia confusa e inibida também, apesar de estar radiante de alegria só de compartilhar aqueles momentos com ela. A paixão é um treco difícil, ô se é!

Naquela tarde e nas outras, achei que tudo fazia sentido. Marisa gostava de mim, tanto quanto eu dela. Eu tinha muitas amigas, nunca havia sentido nada daquilo por nenhuma e, pelo que percebia, o mesmo se dava com ela. Já no final da semana, resolvi sondá-la, esperava apenas que uma boa oportunidade se apresentasse, o que ocorreu no começo da semana seguinte.

Estávamos estudando no Centro Cultural e resolvemos tomar um lanche. Da lanchonete, vi um casal gay passando na rua. "É agora", pensei.

– Olha os carinhas passando de mãos dadas, comentei, apontando com um movimento discreto de cabeça.

– Ah, são gays – ela falou.

– Eu acho isso muito legal, eles passeando na rua juntos, nem aí para ninguém.

– É, é legal... – evasiva.

– Eu não tenho nenhum preconceito, sabia? – tentei mostrar descontração.

– Ah, mas eu tenho! – o tom estava entre sério e jocoso.

Levei um tremendo choque. Um banho de água fria, uma cachoeira enorme toda sobre mim. Meu coração parou, pensei que ia desmaiar. Senti meu coração gelado, meu corpo frio, minha alma em desespero. Depois de instantes de silêncio amargo, ouvi-a completar o pensamento, mas então ela já estava longe, sua voz mal chegava até mim, não escutei mais nada. Precisei de alguns instantes para me recuperar, mas não estava conseguindo disfarçar. Inventei um mal estar súbito como álibi e corri para o banheiro.

"Não é possível, não acredito! Que absurdo!!", pensava arrasada. Comecei a chorar compulsivamente. Me senti tão mal, que acabei vomitando mesmo. Ela veio ao meu encontro e, vendo meu estado, procurou ajudar.

– Você quer que eu pegue algum remédio na farmácia?

– Não, não! Deixa, já passa – falava com dificuldade.

– Alguma coisa que você comeu não deve ter feito bem.

– É, não digeri – falei à queima-roupa, mas ela nem imaginava que era para ela.

Depois de lavar muito o rosto, saí do banheiro, sentei e respirei muito fundo. Ela ficou tentando me amparar, mas eu estava tão enjoada, que só piorava. Falei que era melhor eu ir para casa, descansar, deitar um pouco.

– Você quer ir para a minha casa? É mais perto.

– Não, obrigada.

– Não quer que eu te acompanhe? – ela estava muito preocupada.

– Não! – falei alto, quase gritando.

Só então ela se convenceu de que eu podia ir embora sozinha, me acompanhou até o metrô e nos despedimos. Voltei para casa chorando desesperadamente, desesperançada. Despertei pena nos transeuntes, o que me irritou muito. Chegando em casa, corri para o chuveiro. Fiquei um tempão largada debaixo da água quente, tentativa boba de aquecer meu coração. Saí do banho, me vesti, me enfiei embaixo da coberta e fiquei quietinha, como se assim conseguisse adormecer minha tristeza.

Cochilei um pouco, sentia-me exausta. Acordei, já passava das oito da noite. Fui até a cozinha para preparar um leite quente. Para minha sorte, não tinha ninguém em casa. Deixei um bilhete avisando que dormiria cedo, que ninguém me acordasse. Voltei para cama, fiquei ali matutando. Será que eu tinha viajado tanto assim? Não, não era possível, Marisa gostava de mim. "Preconceito é uma merda, ela não vai admitir nunca, nem para ela mesma, nem para ninguém."

"O que você queria, Fernanda? Ela é de uma família careta, conservadora, tradicional. Ela é toda enfronhada na religião. Não dava para não ter seqüela." – pensei, com amargura. – "Esquece, é o melhor!"

No dia seguinte, acordei cedo, peguei minhas coisas e saí, mas não fui para a aula. Fui ao Parque da Aclimação, um lugar muito bonito que não era longe do colégio. Deitei na grama, toda enrolada no meu casaco, pois fazia um frio danado – dentro e fora de mim. Fiquei meditando e resolvi tomar algumas providências para dar um jeito na minha vida. O melhor a fazer era me afastar, dar um tempo, pois eu sofreria muito com a dubiedade daquela situação. Não conseguiria ficar me fingindo de amiguinha da Marisa, se eu queria muito mais. O que poderia fazer para sair dessa sem dar bandeira, eu ainda não sabia. Lembrei-me subitamente de uma plaquinha que eu tinha visto a caminho do parque: "Precisa-se de moça com boa aparência para meio-período."

"Por que não?", pensei. Fui andando lentamente até lá e observei o lugar: uma escolinha de inglês para crianças, bonitinha, bem cuidada, sossegada. Entrei. Conversei com a dona, uma mulher jovem e muito simpática, que me disse que o serviço era leve: cuidar da recepção no período da tarde, horário mais tranqüilo, pois a molecada normalmente estava na escola. Eu precisaria atender telefone, dar informações, receber uma ou outra mãe que viesse lá, manter tudo limpo e só.

– Estamos começando agora, não posso te pagar muito, um salário mínimo. Mas além de ser meio-período – ela se apressou em dizer –, você pode estudar quando não houver nada para fazer. Não precisa saber datilografia, nem nada muito complicado. Você só precisa ser muito educada para falar com clientes. O que você acha?

Conversamos bastante, ela me deu mais detalhes sobre o serviço, me fez perguntas. Gostei dela e ela foi com a minha cara. O horário era bom, das 13h30 às 18h30, e dava para eu estudar. Achei que seria um bom jeito de me afastar da Marisa e ainda ganharia uns trocos. Topei.

– Quando começo?

– Preciso ajeitar algumas coisas por aqui e conversar com minha sócia. Pode ser na segunda, está bom para você?

– Está ótimo, Clara. Espero ajudar.

– Ah, você vai me ajudar muito, tenho certeza. Você me liga amanhã para confirmar?

– Ok.

Despedimo-nos e saí de lá quase contente. Às vezes, eu achava que tinha um anjo da guarda muito poderoso me protegendo, porque até mesmo nas desgraças aconteciam coisas surpreendentes, um pouco milagrosas. O fato é que me senti aliviada, seria até bem fácil me afastar da Marisa com uma desculpa tão boa quanto um emprego novo.

Voltei ao parque, zanzei um pouco. Matar o tempo foi fácil. Matar a tristeza, isso sim é que seria tarefa dura.

7

No começo da tarde, quando punha os pés em casa, o telefone tocou. Corri para atender.

– Nanda?

Quase gelei, meu coração disparou.

– Oi, Marisa – tentava aparentar tranqüilidade. – Tudo bem?

– Tudo bem, e você? Não te vi no intervalo, fiquei preocupada. Perguntei para o Dinho e ele disse que você não tinha ido para o colégio hoje. Você ficou doente mesmo, é?

– Ah... – sentimentos contraditórios me assolavam, mas não sabia como ganhar tempo – é, não foi nada grave, mas hoje ainda acordei muito indisposta, achei melhor ficar um pouco de molho – falei rapidamente. – Mas já estou boa de novo, pode ficar sossegada.

– Puxa, que bom! Você está precisando de alguma coisa?

– Não, está tudo bem, obrigada pela força! – difícil uma conversa normal, eu fazia um grande esforço para manter a naturalidade.

– Então, tá. Vou te deixar descansar. A gente se vê amanhã. Um beijo.

– Outro. E obrigada de novo.

Desliguei o telefone e fiquei ali, em pé, sem saber que rumo tomar, o que fazer. E os intervalos? O que eu faria? Me dei conta de que me afastar seria menos simples do que eu queria que fosse.

"Bom, Fernanda, você vai ter de representar. São só quatro, cinco meses, depois nunca mais" – comecei a chorar como uma criança perdida.

Fui para o meu quarto, tentei estudar, mas não conseguia. Passei a tarde escrevendo poesias tolas de amor, de separação, de tristeza. Um alívio, não uma solução, sem dúvida. Estava imersa em meus pensamentos quando o telefone tocou de novo: era o Dinho querendo saber de mim, pois a Marisa tinha contado sobre meu mal-estar. Conversamos muito, distraí e pensei depois que o melhor era não ficar só.

Na quinta-feira, no intervalo das aulas, comentei distraidamente com a Marisa sobre o trabalho novo.

– Mas então a gente não vai estudar mais à tarde? – havia decepção na voz dela.

– É. Pena, né? Mas eu estou precisando dar uma força em casa – menti descaradamente.

– Mas e o vestibular? – ela parecia ansiosa.

– Eu vou poder estudar lá, sabe? Não vai ser a mesma coisa, claro – adulei. – Mas que eu posso fazer?

– Eu vou sentir sua falta – a voz dela era triste, triste.

– Eu também, e muito! – respondi também triste, e dessa vez eu não estava mentindo.

Depois da aula, passei na escolinha para saber se estava tudo certo. Clara me recebeu muito bem, me apresentou sua sócia, a Suzi.

– Que bom que você veio, assim a Suzi pode te conhecer.

– A Clara me falou maravilhas de você, Fernanda – Suzi brincou e me deixou bem à vontade.

Acertamos os últimos detalhes e fui para casa. Estava contente, achei que conseguiria sobreviver àquele naufrágio. Cheguei em casa inspirada, corri para o meu quarto e escrevi:

Nem todo naufrágio
De amor
É fatal

Apenas nos desviramos
De sereia em espuma
E flutuamos
Num medo oceânico

À deriva

Que todos os imortais
Já morreram
E de morte quase natural.

Achei bonito e, pela primeira vez, tive coragem de mostrar para alguém o que havia escrito. Copiei cuidadosamente num papel, levei para o Dinho ver. Ele me deixou constrangida:

– Cara! Isso está demais! Não sabia que você escrevia tão bem!

– Chiiiu, fica quieto! Estou mostrando para você, não para o colégio inteiro.

– Mas esse poema tem de ser lido, você não pode esconder esse dom. Não seja egoísta!

Arranquei o papel da mão dele – se ele resolvesse mostrar para a Marisa no intervalo, daí sim eu estaria em maus lençóis. Ele reclamou, mas eu não cedi.

– Poxa, eu queria guardar. Parece a minha história de amor, me tocou fundo! Arruma uma cópia para mim, vai?

– Tá, depois eu te dou, só tenho esta – menti.

No intervalo, ele foi correndo contar para Marisa e eu quase matei o Dinho, indiscreto! Marisa veio pedir para ler, mas eu não deixei, disse que ele era um inculto, não distinguia a boa da má poesia, que ela não levasse a sério os desvarios do coitado. Ela insistiu, ele insistiu, mas eu neguei até o fim. Depois, quando voltávamos para a sala, dei um beliscão bem doído nele.

– Pô! Não dá para confiar, hein? Falei para não contar para ninguém!

– Aaaaaiiii! Doeu, Fernanda! A Marisa é sua amiga, ela tinha de ler, assim você ia saber que eu estava falando a verdade, que o poema é bom mesmo! Não sabia que era assim tão sério!

– Tenho vergonha.

– Desculpa, manquei com você, não faço mais, prometo!

– Tá.

Mas fiquei com aquele sentimento bom de quem recebe um elogio e gosta, sabe como é? E isso me fez criar coragem para escrever e mostrar mais, principalmente para o Dinho – agora discretíssimo – e para a Céli, que gostava de verdade das coisas que eu escrevia.

Aos poucos, fui me sentindo mais forte, menos arrasada. Não tinha tido mais paciência para namorar. Havia pelo menos três garotos dando em cima de mim, mas eu os dispensava. O trabalho na escolinha estava sendo bom, porque eu me ocupava bastante. Mesmo tendo tempo, mal conseguia estudar à tarde, pois gostava muito de conversar com a Clara ou ler. Ela era bem ponderada e sempre me dava conselhos muito úteis.

Nesse meio tempo, comecei a ficar em dúvida se faria mesmo jornalismo, comecei a pensar seriamente em letras. A Clara teve muita influência nisso, pois ela tinha feito inglês e português na USP e era apaixonada por literatura. Li mais livros naqueles poucos meses em que fiquei lá do que nos dois anos anteriores! A decisão, eu só tomei mesmo na hora de fazer a inscrição no vestibular – acabei optando por letras.

No colégio, eu evitava ao máximo encontrar a Marisa, dava mil desculpas: ora tinha de dar um telefonema, ora tinha de buscar algum documento na secretaria, qualquer coisa que me levasse para longe da tentação daqueles olhos negros, do sorriso encantador. Cabulava mais agora, principalmente nos dias em que estava mais triste, mas ao invés de ir bagunçar com o pessoal, eu ia para o Parque da Aclimação e passava a manhã lendo e estudando. Estava decidida a passar no vestibular e, mesmo cabulando aula, sentia-me cada vez mais bem preparada.

Um dia, no começo de outubro, eu estava sozinha na praça do colégio. Não tinha tido a última aula, o professor faltara. Dinho, Naldo e as meninas nem tinham entrado na escola. Fiquei tomando aquele solzinho da primavera, lendo um livro bom. Nem sei bem o motivo, ergui os olhos do livro: avistei Marisa vindo para o meu lado, com um papel na mão. Meu coração começou aquela pancadaria. Mesmo com toda a nossa distância, bastava vê-la para sentir aquele descompasso. Ela se aproximou, não sorria. Entregou-me o papel, não disse uma palavra: virou as costas e foi embora. Fiquei acompanhando aquela retirada sem entender nada. Depois de uns instantes é que me toquei do papel. Sentei e comecei a ler.

ESTAÇÃO

A gente só joga com as palavras
Mas tem muito mais o que dizer

O ar transpira
E a gente fica pingando
De tanta timidez

Minha unha que te corta
É mais doce
Que o teu cáustico silêncio
Mas eu não sei ler os teus olhos

Os ponteiros do relógio disparam...

A gente se esquece
Que não existe tempo
E corre
Cada uma para um canto
Atrás do seu trem

Eu tenho tanto
Amor
Mas como falar
Para o teu áspero silêncio?
Marisa

Li e reli incontáveis vezes, desentendi. Era uma declaração de amor, era para mim!

Bom, dá para imaginar o estado do meu pobre coraçãozinho, não? Um desfile de escola de samba passou por ele – batucada, pisoteio, arrastão. Depois da ducentésima vez que li o poema, meu coração estava em pedaços. E eu, completamente desorientada.

Tanto esforço para guardar, esconder aquele amor desajeitado, tanto medo de ser rejeitada, e agora não sabia o que fazer! Eu que me julgava tão corajosa, sentia um súbito pânico quando tudo parecia dar certo. Dúvidas de todo o tipo começavam a brotar, levando a minha coragem se desfazer em desculpas bobas, inconsistentes.

Passei a racionalizar, a questionar as verdadeiras intenções da Marisa, como quem faz uma cortina de fumaça. Quando, pela primeira vez, pensei na palavra homossexual, quase tive um treco: um nó esquisito se colocou no meu peito, um mal estar súbito me tomou. Eu me sentia febril, doente, estranha. Em nenhum momento admiti para mim mesma que estava recuando, isso nunca! Armei uma confusão tal em meus pensamentos, que ficou fácil, de repente, colocar a culpa na indecisão da Marisa. Pânico.

Com a cabeça dando milhares de voltas por segundo, cheguei a pensar em ligar para Clara e dizer que não podia ir trabalhar, que estava passando mal. Depois, com um pouco mais de calma, resolvi enfrentar a vida sem fugir mais às obrigações. Ficar sozinha seria ainda pior, isso eu não queria. Por um lado, uma alegria imensa me tomava, pois tudo o que eu queria estava escrito naquele papel. Por outro, um medo absurdo de que tudo desse realmente certo e eu tivesse de lidar com aqueles desconhecidos fantasmas que começavam a me assombrar. Fui trabalhar me sentindo cada vez mais confusa.

Chegando na escolinha, fiquei pensativa, distraída. Clara notou que alguma coisa não andava bem. Depois de me observar por alguns minutos, veio sutilmente para o meu lado, tateando, querendo me abordar sem ser invasiva. Engraçado, fazia só uns dois meses que eu trabalhava lá, mas eu me sentia tão bem que parecia conhecer Clara há bem mais tempo.

– Está tudo bem com você, Fernanda?

– Ah... não adiantaria dizer que está, né? Está na cara que não estou legal.

Clara riu e esperou que eu falasse algo mais.

– Sabe o que é, Clara? É dor de amor, daqueles bem complicados, entende?

– Se você quiser falar, talvez eu possa te ajudar um pouco.

– Bom, ah... é que... ai, meu Deus, que difícil! É assim: eu gosto de uma pessoa, que parecia gostar de mim. Daí eu sondei se tinha alguma chance e levei um fora. Quer dizer, não foi bem um fora, mas funcionou como um – tomei um fôlego e continuei. – Então, fiquei fazendo um esforço enorme para esquecer essa pessoa, e agora que eu achei que estava indo bem...

– Essa *pessoa* apareceu de novo, é isso?

– É isso! Como você sabia?

Clara suspirou, sentou-se e completou:

– É, está me parecendo que este é um daqueles casos bem difíceis, mesmo.

– Não é? A gente sofre muito com esse negócio de paixão, amor. Por que é que todo mundo quer se apaixonar?

– Ah, minha querida, tudo tem o seu tempo! As pessoas querem se apaixonar e amar porque depois da tempestade vem a bonança – ela brincou. O amor é delicioso, vai por mim. Agora, essa *pessoa* não pode estar sendo sincera?

O jeito com que ela pronunciou "pessoa" pela segunda vez me deu um calafrio. "Ela sabe", pensei. Isso aconteceu outras vezes com Clara: parecia que ela sempre sabia, por mais que eu tentasse disfarçar.

– Ahn... essa pessoa pode estar me fazendo de boba também.

– Ai, a grande dúvida. E essa pessoa tem nome?

– Bom, então... – fiquei muito atrapalhada, pois não esperava que ela entrasse assim de sola. – Eu disse que a história era complicada! Essa pessoa... bem... hum, então...

Percebendo meu embaraço, Clara veio em meu socorro. Olhando bem fundo nos meus olhos, perguntou com delicadeza:

– Seria um relacionamento que talvez as pessoas não aprovassem, é isso?

– É isso! – respondi, agradecida pela ajuda.

– Bom, se você quiser falar, tudo bem, eu não sou do tipo de cultivar preconceito. Se você quer se relacionar com um cara casado, com uma mulher ou com uma pessoa drogada, não é um problema meu e nem sempre é problema para você. É questão de avaliar a relação custo x benefício.

– Você acha? Quero dizer, você acha mesmo que pode me entender?

– Só vamos saber tentando, mas se você quiser continuar conversando em código, para mim também está bem – ela riu, descontraída.

Diante daquela inesperada abertura, achei melhor falar tudo. O que eu podia realmente perder?

– Bom, se é assim, vou te contar tudo. O nome dela, quero dizer, da pessoa... ahn...

– Coragem! – ela me animou.

– Ai, Clara! É difícil! Acho que não consigo!

– Vai, garota. Vai dar tudo certo!

Respirei fundo, baixei a cabeça, que falar aquilo olhando na cara dela já seria demais para mim. Torcia as mãos, nervosa, medrosa. Tomei um fôlego e soltei:

– Eu gosto de uma garota do colégio, o nome dela é Marisa! – suspirei aliviada.

Clara murmurou algo como "tudo bem" e me encorajou a continuar falando. Estimulada pelo apoio dela, contei com detalhes a história da minha paixão pela Marisa. Então estiquei-lhe o poema e disse:

– Leia isto, veja se não é para qualquer um endoidecer!

Ela leu com atenção, soltou uma espécie de assobio e disse:

– Nossa, parece que é mesmo amor. O que você vai fazer?

– Olha, eu não sei, estou totalmente confusa!

– E não é para menos!

– O que é que eu faço, Clara?

– Fernanda, eu não seria maluca de te dizer o que fazer. A resposta está dentro de você, só você é que pode saber. Bom, está aí: o que você deve fazer é consultar seu coração. Siga o que o seu coração mandar, porque ele é que vai ter de segurar o tranco, qualquer que seja sua decisão, né?

– Mas eu estou com medo.

– Respeite seus limites, mas não tenha pressa para decidir. Qualquer decisão que você tomar vai implicar perdas e ganhos. Você vai ter de analisar qual perda suporta, qual ganho é valioso. Está dando para entender?

– Tá. Mas hoje você anda muito administradora: custo x benefício, perdas e ganhos... – brinquei, já bem mais relaxada.

– É, e por falar nisso, mocinha, tenho de cuidar dos pagamentos de hoje, senão daqui a pouco o banco fecha e a Suzi vai querer me matar – ela disse e foi levantando, já abrindo a gaveta da sua mesa e pegando alguns papéis e a calculadora.

– Clara?

– Hum? – ela ergueu os olhos da papelada. – Diga lá.

– Você acha errado? – perguntei, superansiosa.

– O quê?

– Isso de mulher gostar de mulher – falei bem baixinho, meio que com medo de me ouvir.

– Errado? De jeito nenhum! Quem pode dizer que amor não é bom? O que é isso! Você não tem idéia de quanto acho isso bom! – ela respondeu com muita firmeza, e completou – como diz a música do Milton Nascimento, "qualquer maneira de amor vale a pena"!

Quando ela já ia saindo, chamei:

– Clara?

– ...

– Obrigada!

Ela fez uma festinha no meu cabelo de passagem, sorriu como quem diz "Bobagem, minha filha" e saiu da sala, me deixando com o problema intacto nas mãos, mas com meia tonelada a menos de peso nas costas. Falar é bom!

Óbvio que fiquei roendo a história o dia todo, a noite toda. Dormi mal, acordei péssima. As belas palavras de Clara não resolviam minhas dúvidas. O que ressoou o tempo todo na minha cabeça foi o conselho: "Respeite seus limites". Tomei a decisão mais fácil: resolvi achar que todo o problema estava com a Marisa, que ela era preconceituosa, ou no mínimo, covarde. Não eu, claro! Pesei todos os prós e contras, como a Clara me aconselhara, e achei que tinha menos contras desistindo da história. Fechei a cortina de fumaça: além de tudo, eu podia estar completamente enganada e aquele poema ser apenas um poema, nem ser para mim. E ainda tinha de considerar a família conservadora, a religião. É, não tinha jeito.

A tristeza bateu forte, fui para escola chorando silenciosamente, as lágrimas escorriam de mansinho pelo meu rosto, ninguém nem reparou. Mas também senti alívio. A indecisão e a dúvida eram os piores tormentos. Enterrar um sentimento bonito e poderoso como aquele não era nada fácil, mas mais difícil ainda era não saber o que fazer.

Quase matei aula, mas aquela decisão de parar de fugir dos meus problemas ainda estava no prazo de validade; entrei, assisti a todas as aulas e desci para o intervalo com o coração na mão, tensa. Para falar a verdade, eu estava quase apavorada. Encontrei a Marisa com o semblante ansioso, parecia inquieta. Beijou meu rosto, nos abraçamos mais demoradamente do que de costume. Ela perguntou:

– Então, leu?

Demorei o que me pareceu uma eternidade para responder:

– Li.

– E aí? O que você achou? – a ansiedade transparecendo na voz dela.

– Achei muito bom, lindo mesmo! Você escreve muito bem, Marisa. Não sabia que você também fazia poemas. Você tem outros? – falei em um tom supercasual, como se nada fosse comigo.

– Tenho outros – ela parecia decepcionada.

– Puxa, você podia me mostrar. Quem sabe eu não crio coragem para te mostrar os meus também – cruel, me sentia cruel falando assim tão naturalmente.

– É, pode ser – ela falava devagar, sem entusiasmo.

Desconversei, comecei a brincar com o Paulo Fernando, que chegava com bermuda e óculos de sol.

– Nossa, Paulo! Você vai pra a aula ou pra piscina?

Todo mundo começou a perturbar o Paulo e a Marisa também mudou de assunto. Senti tristeza porque, no fundo, eu é que estava sendo a covarde. Aquela foi a minha vez de ser covarde. Mas logo passei por cima do sentimento ruim, pensando que enfiando meus sentimentos no baú e jogando a chave fora eu tinha resolvido tudo.

Quando cheguei na escolinha, Clara fez aquela cara interrogativa:

– E aí? Como vai?

– Resolvi tudo – respondi cheia de tristeza.

– E...?

– Bom, fiz o que você falou, consultei meu coração, pesei prós e contras. Acho que meu lado prático falou mais alto, sabe como é, meu ascendente é o signo de touro. Pé no chão!

– E...? – Clara não se deu por satisfeita.

– Fingi que não tinha entendido que a poesia era para mim.

– Ah! – me pareceu que ela estava ligeiramente decepcionada. – Está se sentindo melhor?

– Sinceramente, não sei, mas agora só quero esquecer.

– Então não falo mais no assunto, ok? Mas quando você quiser falar, é só começar. Combinado?

– Legal! Combinado!

Continuei me esforçando muito para não pensar mais no assunto – estudando, lendo muito, trabalhando –, até que um dia a Marisa me deu um verdadeiro choque. Não é que ela apareceu num intervalo de aula aos beijos e abraços com o Márcio? Difícil de engolir!

8

Era já meio de novembro, eu andava um pouco ansiosa com a proximidade do final do ano e, conseqüentemente, com a chegada iminente do vestibular. Eu só tinha me inscrito no vestibular da USP, por isso estava estudando muito, principalmente à noite, horário em que eu ficava mais sozinha, assim unia o útil ao agradável: não me sobrava tempo para arrependimentos tardios e ainda me preparava melhor para o vestibular.

Numa manhã ensolarada, quente, estava com o Dinho, a Laura, a Bia e o Gera na pracinha do colégio, quando alguém me cutucou:

– Olha aquilo, que incrível!

Era o Dinho apontando para um casal que chegava de mãos dadas, trocando beijos indecentes na frente de todo mundo. Márcio e Marisa, Marisa e Márcio. Senti a lâmina fina do ciúme penetrando meu coração. Marisa namorando era um desastre, mas namorando o Márcio era uma verdadeira hecatombe. Nuclear. Daquelas que não deixam pedra sobre pedra. Na hora, senti uma espécie de vertigem, sentei. Eles passaram por nós, cumprimentaram todo mundo, rindo, parecendo ser o casal mais feliz do mundo, foram se sentar um pouco mais adiante, para namorar em paz. O Márcio me lançava um olhar de vencedor. Que raiva!

– Gente! – era a Céli, assombrada. – O que a Marisa está fazendo com esse cara? Ele nem parecia combinar com a turma dela, isso para mim é demais!

O Gera, que andava por fora das fofocas, ainda ficou surpreso.

– Que é que tem? Deixa os dois em paz!

– Gera! Esse cara é o maior fofoqueiro do colégio. A Marisa é minha amiga, eu sei que ela não tem nada a ver com ele. No mínimo, é muito esquisito – Laura explicou.

– Ele é intrigueiro, maldoso, ouvi dizer que ele anda por aí falando mal de todo mundo: de mim, de você – Bia ia apontando para cada um de nós –, de você, de você e de você. Até da Fernanda, que é superamiga da Marisa, ele já andou falando!

– O quê?! O que esse filho da mãe falou de mim? – falei, perdendo totalmente a compostura.

– Não sei, não quero saber e tenho raiva de quem sabe. Você acha que vou me preocupar com uma idiotice desta? – Bia emendou. – Quando vieram me contar, eu nem quis ouvir. Só sei que não tem ninguém que fique de fora do veneno deste sujeito.

– Entendeu agora, Gera? O problema não é o Márcio estar namorando, o que a gente está estranhando é a Marisa estar namorando esse babaca! – Dinho esclareceu.

– Ela é tão linda – falou a Céli. – Podia namorar quem quisesse.

Fiquei perplexa. O ciúme me roendo a alma, feroz. Marisa, Márcio, não podia ser verdade. Fiquei tão alterada que resolvi sair de perto para não dar tanta bandeira. Ninguém poderia entender, qualquer reação minha seria desproporcional. Antes de sair, uma idéia maluca passou pela minha cabeça:

– Dinho, sabe por onde anda o Naldo? Preciso falar com ele urgentemente!

– Ele ia retirar um documento na secretaria, parece que para um vestibular que ele vai prestar agora no início de dezembro. Deve estar lá, ou então saiu e foi no bar tomar uma cerveja, não sei.

– Vou procurar – falei e saí voando.

Bati todos os cantos do colégio e nada, Naldo tinha evaporado. Minha idéia era a seguinte: saber com ele, que estudava na mesma classe do Márcio e da Marisa, o que aquele fofoqueiro andava dizendo de cada pessoa. Com isso, eu podia conseguir que as pessoas "mal faladas" pelo Márcio se juntassem para exigir explicações e fazê-lo passar uma tremenda vergonha, de preferência na frente da Marisa. Se Naldo não soubesse, que ele não era muito enturmado na classe, ele poderia pelo menos me dizer a quem eu devia perguntar.

Naquele dia não consegui achar o Naldo e fui para o trabalho ruminando minha vingancinha. Estava nervosa, inquieta, agitada. Não conseguia me concentrar em nada direito, nem no trabalho, nem no estudo. Clara percebeu e, no final do expediente, veio falar comigo:

– Fernanda, que é que está acontecendo? Nunca te vi tão agitada!

– Ah, não é nada que valha a pena, Clara!

– Posso avaliar eu mesma? Pelo tamanho do seu nervosismo, alguma coisa está acontecendo.

– Bom, eu nunca consigo esconder nada de você mesmo – dizendo isso, contei-lhe a história do namoro entre a Marisa e o Márcio, da minha idéia de vingança, da minha pressa em aprontar para cima do Márcio, em ir à desforra.

– Fernanda, vingança é um prato que se come frio.

– Como assim?

– Bom, primeiro, vou te dar minha opinião pessoal. Acho que esse sujeito é tão bobo, que não vale seu esforço para se vingar.

– Ah, mas eu quero desmascarar esse sem-vergonha!

– Bom, isso posto, vamos ao que interessa: se você fizer isso logo, vai dar muito na cara que é por causa do namoro. Você vai dar um gostinho especial para a Marisa, que certamente está fazendo isso para te provocar.

– Você acha?

– Mas não tenho a menor dúvida! Alguma das bobagens que ele andou espalhando sobre você deve ter chegado aos ouvidos dela, ela escolheu a dedo: ninguém irritaria mais você!

– Nossa! Eu não tinha pensado em nada disso, Clara, o que eu faço?

– Se eu fosse você, seria superelegante. Cumprimente-os pelo namoro, deseje felicidades, fique por perto deles, conversando animadamente, como se nada disso estivesse te atingindo.

– Putz, é difícil demais. Vou ter de domar meu instinto à unha!

– Pois faça isso, você vai desarmar os dois: o fofoqueiro e a vingativa.

– Mas isso não vai satisfazer minha sede de vingança, é nobre demais para mim!

– Bom, mas por baixo dos panos você vai mexendo seus pauzinhos, montando a arapuca.

– Não estou entendendo.

– Faça alguém juntar as histórias, não você. Veja se algum amigo muito discreto se presta a esse papel, de modo que você articule tudo, mas nunca apareça. Você só precisa saborear o ato final. Entendeu agora?

– Hum... agora estou entendendo perfeitamente! Acho que posso contar com o Dinho, ou com a Céli.

– Mas pense bem em tudo isso, veja se vale mesmo a pena criar tanta confusão por causa de um sujeitinho que não presta!

– "Tudo vale a pena, se a alma não é pequena"! – citei Fernando Pessoa, me achando toda importante.

– Nossa! – ela desandou a rir. – Nunca pensei que ouviria alguém citar esse trecho tão batido por causa de uma vingança. Só você, Fernanda! Juízo, hein?

Dizendo isso, Clara se foi. Preocupada com meu nervosismo, fez mil recomendações: para prestar atenção na hora de sair, não esquecer de fechar as janelas, blá, blá, blá. Fiquei por ali esperando acabar meu expediente, mas pensando muito em tudo que Clara havia me falado. "Essa Clara é mesmo genial", pensei sorrindo. Depois me ocorreu o quanto ela era contraditória: me deu uma lição de moral, depois me presenteou com um plano de vingança completo. Eu mesma nunca teria pensado em tudo aquilo sozinha! Vai entender!

Saí de lá planejando como montar melhor minha arapuca, matutando sobre tudo o que a Clara tinha falado.

Na manhã seguinte, encontrei o Dinho logo na entrada do colégio. Como era cedo ainda, chamei-o de lado e pedi para conversarmos. Sentamos em um banquinho da lanchonete, pedi um café. Olhei para os lados, ninguém para se intrometer.

– Dinho, o que você acha de a gente dar um susto no Márcio? Fiquei furiosa por saber que ele fala mal de todo mundo, queria dar o troco.

– Lembra que te falei que esse cara é venenoso? Ele não presta mesmo!

– Canalha! – exagerei.

– Mas você acha mesmo que vale a pena? Eu não ligo muito para o que sai daquela boca nojenta, para mim ele não vale uma ruga de preocupação!

– Ah, Dinho, mas para mim vale! Estou querendo ver o cara pelas costas! Você sabe o que ele andou falando da gente?

– Sei algumas coisas, quer ouvir? É tudo besteira!

– Fala!

– Ele disse que eu sou viado, rá, rá, rá, não é engraçado? Cara esperto, hein?!

– Não achei graça nenhuma! – respondi, meio enfezada.

– Calma! Eu também não, porque isso é da minha conta, de mais ninguém. E ele piorou: disse que eu fazia michê e que estou com aids. Bem idiota, não? Nunca tive uma transa na vida sem me proteger, que não sou bobo. E me chamar de garoto de programa foi o fim!

– Que cara imbecil! E de mim, o que ele falou?

– Que você é garota de programa. Falta originalidade ao rapaz, não?

– Que idiota!

– Tem mais: que você é drogada, toma pico de cocaína!

– Meu Deus, o cara delirou totalmente! Nunca nem vi cocaína na minha frente!

– E tem ainda mais: que você é sapatão!

Engasguei com o café, derrubei tudo no balcão. Senti um calor forte subindo do meu estômago até meu rosto. Fiquei atordoada, constrangida. Achei que meu rosto estava ficando vermelho, senti alguma coisa atravessada na garganta. Sapatão. Era a primeira vez que ouvia essa palavra aplicada a mim, o tom pejorativo me desconcertou. Com medo de olhar o Dinho e me entregar, exagerei nas providências para limpar minha roupa, o balcão, o desastre em mim. Tossi mais um pouco para ganhar tempo. Respirei fundo, quase recuperada:

– Que babaca! – comentei, fingindo superioridade. – Quem te contou tudo isso?

– Foi o Naldo. Na sala dele essas histórias estão rolando faz tempo. O Márcio jogou todo mundo contra todo mundo, acho que ele é meio louco!

Daí o Dinho contou tudo o que sabia do que Márcio falara sobre o Naldo, a Céli, a Laura, o Gera, a Bia, e era só barbaridade. Depois de se ouvir me contando, Dinho foi ficando enojado, o que percebi rapidamente. Aproveitei para convencê-lo a dar o troco, acabou sendo mais fácil do que eu esperava. Falei do meu plano, mas disse que não queria aparecer. Não sei se o Dinho já tinha intuído toda a história nas entrelinhas, pois parecia estar zombando um pouco de mim. No final decidimos pelo método mais vil: bilhetes anônimos para as vítimas do Márcio.

Acabamos matando a primeira aula fazendo o plano de ataque. Contamos tudo para Céli e para Laura, que também estavam inconformadas. Nós quatro decidimos espalhar a semente da discórdia a partir da segunda-feira seguinte. Em nosso cronograma, o maior número de pessoas deveria estar sabendo das fofocas que o Márcio espalhara sobre elas no prazo de duas semanas. Esse foi o tempo máximo que consegui esperar para esfriar o meu prato vingança.

Durante o tempo em que nosso plano ia transcorrendo às escondidas, eu fiz questão de cumprimentar a Marisa e o Márcio pelo namoro, conforme a Clara havia sugerido. Desejar felicidades aos dois já não me foi possível, que também não tinha sangue de barata. Mas acho que merecia um Oscar pela minha performance, fui atriz de primeira linha!

Foi tudo dando certinho, as reações das pessoas eram as esperadas: indignação, raiva, nojo. E parece que todo mundo começou a tirar a limpo as histórias com amigos, esquentando ainda mais os ânimos. Ao final de duas semanas, numa sexta-feira depois da aula, havia pelo menos vinte pessoas esperando o Márcio sair do colégio. Foi só ele colocar o pé na calçada para ser cercado pela turba revoltada. Marisa, que vinha logo atrás, estancou o passo e ficou assistindo de longe. Eu também me coloquei a distância, do lado oposto em que Marisa estava, mas bem visível para ela. De camarote!

– Quer dizer que o Mauri te falou que eu sou maconheiro, é? – atacou Marcelo, um cara da sala do Naldo. – Então fala isso na cara dele, agora!

– E aí, seu babaca? O que a Laura falou de mim? Por que você não repete agora que ela está aqui? – gritava o Ricardo.

– Quem é que ganha a vida como prostituta, seu imbecil? – perguntou aos berros a Maria Lúcia.

– Calma, calma, gente! Não é nada disso – Márcio tentava ganhar tempo.

– Então você está me chamando de mentirosa? Você falou que a Marcela é puta, sim senhor! Falou para mim! Vai negar agora?

– Não foi bem isso o que eu quis dizer – era o auge da humilhação para o Márcio.

– Como não, seu cretino? Agora está me chamando de burra, é?

– ...

A confusão deve ter durado pelo menos uns quarenta minutos: Márcio no meio de uma roda de pessoas indignadas exigindo explicações. Todo mundo tinha uma ou mais histórias para tirar a limpo, cada um queria uma confirmação ali mesmo, ao vivo e a cores. Os ânimos estavam exaltados, todo mundo gritava, mas ninguém encostou a mão no Márcio. E a Marisa, coitada, de boca aberta, sem saber o que fazer. Depois de uns vinte minutos, ela parecia enjoada e foi saindo de perto, sacudindo a cabeça, querendo expressar repulsa. Eu fiquei até quase o final, mas caí fora antes, pois tinha de ir trabalhar. Eu nunca tinha sentido um prazer cínico como aquele, mas tenho de confessar: adorei!

Contei para Clara o resultado da minha vingança, ela parecia se divertir, mas não perdeu a chance de me dar uma dura:

– Fernanda, eu sei que você teve motivo, mas não acho saudável tanta alegria por causa de uma cena humilhante como esta! Espero que esta tenha sido a primeira e a última vez.

– Ah, Clara, não se preocupe, já estou de alma lavada, a história está mais do que encerrada!

– Você não deixa barato, hein? – ela perguntou rindo.

– Já me disseram isso – respondi rindo também.

Já estávamos bem no finalzinho do curso, mas mesmo assim o Márcio teve de pedir transferência de unidade, em caráter de urgência, pois não havia o menor clima para ele no colégio: todo mundo pegava no pé dele o tempo todo, o cara não podia abrir a boca. Marisa rompeu o namoro naquela sexta-feira mesmo e por telefone! Ela andou por uns dias meio cabisbaixa, meio desanimada. E eu ainda fiz papel de quem consola. Minha vingança foi completa!

Logo me esqueci daquela palhaçada toda. Voltei a me concentrar nos estudos, agora com mais garra e disposição. Clara me ajudava muito, tirando dúvidas de português e discutindo alguns livros clássicos comigo. Sentindo que eu estava bem preparada, ela me dava cada vez mais moleza no trabalho nos dias que antecederam ao vestibular, fazendo ela mesma algumas das minhas tarefas na escolinha, para me sobrar mais tempo para o estudo. Não é a toa que nos tornamos grandes amigas!

O ano letivo acabou, prestei vestibular e passei na minha primeira opção, Letras no matutino da USP. Minha mãe ficou tão feliz que resolveu dar uma festa, chamando todos os amigos do bairro e alguns da escola que ela conhecia bem como o Dinho, o Naldo, a Laura, a Marisa e a Bia. Estouramos champanhe, dançamos e nos divertimos a noite toda. Quando me despedi da Marisa, nem imaginava que nossa história estava apenas começando.

9

– Alô. Fernanda?

– É ela. Quem fala?

– Oi, Nanda.

Estremeci. Eu sabia que era Marisa, mas precisava ganhar tempo, pois minha cabeça entrou em parafuso, minha respiração ficou entrecortada.

– ...

– Aqui é a Marisa. Você ainda se lembra de mim? – ela brincou.

– Má! Que bom falar com você! Puxa, nem acredito!

– Estava sentindo muito a sua falta, você sumiu! Então, resolvi ligar!

– Que bom que você ligou! Também tenho saudade! O que você anda fazendo?

– Queria muito te ver! – ela me cortou.

– Eu também!

Assim que comecei a faculdade, minha vida se modificou novamente. Dos amigos do colégio, tinha mais contato mesmo era com o Dinho. E me mantinha em contato com a Clara, mesmo tendo deixado de trabalhar na escolinha. Não nos víamos muito, mas nos falávamos por telefone.

Logo fiz amigos na faculdade, uma turma muito unida, apesar de serem poucas as matérias que fazíamos juntos. O grupo era composto por mim, Luís Felipe – o Lupe –, Marcos e Sandra, que eram namorados, e o Beto. Já nos primeiros dias começamos a freqüentar juntos os eventos na universidade. Saíamos sempre para muitas festas nos finais de semana, de modo que uma intimidade boa logo se estabeleceu.

Não demorou muito e comecei a namorar o Lupe. Ele era bonito e inteligente, sempre se destacando nas aulas, chamando a atenção dos professores com uma sabedoria surpreendente. Eu não me sentia perdidamente apaixonada, mas tínhamos uma boa cumplicidade e éramos bastante companheiros. O que mais me atraía nele, sem dúvida, era a sua autoconfiança, sempre muito seguro de si. E também porque ele não era nada machista, ao contrário.

Lupe sabia lidar bem com seus aspectos femininos: era romântico, meigo, gentil. E o mais legal é que ele não se preocupava em manter imagem disso ou daquilo. Ele era assim e pronto! Tudo em nosso relacionamento estava certinho, dentro do esperado. Nosso namoro era calmo, nunca brigávamos. De alguma forma, eu achava que éramos felizes.

No meu aniversário, resolvi comemorar com uma grande festa, afinal estava fazendo 18 anos! As coisas em casa andavam bem: minha mãe estava ganhando mais, meu pai já voltara a trabalhar. Eu mesma estava começando a fazer bicos de revisão de textos para uma editora de uma amiga da Clara. Minha mãe sugeriu uma grande festa no sítio da minha tia Daphne, eu topei. Chamei amigos de todos os cantos: do bairro, do Santana, do Objetivo, da faculdade.

Clara veio com a Suzi, Dinho e Marisa apareceram com seus novos namorados. Dinho estava trabalhando com produção de moda e estava ganhando bem. Desistiu de fazer faculdade, estava cada vez mais bonito e na festa parecia muito feliz com o Renato. Eles tinham planos de morar juntos, em breve.

– Mas já, Dinho? Não é muito cedo? – perguntei espantada.

– Pode até ser, Fê, mas é o que a gente quer agora. Não agüento mais ter de me virar em dez para conseguir um canto para a gente namorar, ficar em paz

– E a família, já sabe?

– Já, todo mundo já sabe – ele comentou sorrindo.

– Como foi contar para seus pais?

– Ah, você nem imagina! Foi uma novela mexicana, sabe? Minha mãe chorava, meu pai dizia: "Onde foi que erramos, Marta?"

– Mas eles te trataram mal?

– Que nada! Fizeram o dramalhão todo, mas já estão começando a se habituar. Depois que conheci o Renato, eles acabaram aceitando melhor, pois viram que nosso amor me fazia bem e porque fiquei "muito ajuizado", entende? – Dinho dava gargalhadas.

– E eles estão encarando numa boa?

– Acho que ainda vão precisar de um tempo, não é fácil para eles. Mas minha mãe tem feito coisas surpreendentes. Acredita que ela até já comprou presente para o Rê?

– Que legal! E o Naldo?

– Naldo me aceitou bem desde o começo. Chegou a brigar com uma namorada porque ela fez algum comentário maldoso. Ele é um cara extraordinário!

Isso foi tudo o que consegui conversar com ele na festa, que estava muito agitada. Tinha tanta gente, que passei metade do tempo cumprimentando quem chegava e a outra metade me despedindo de quem já ia embora. Ganhei muitos presentes e a minha mãe me fez uma grande surpresa: me deu um carro! Era um Golzinho usado, mas para mim a sensação ao vê-lo todo "embalado" em fitas coloridas foi a mesma de ter recebido um enorme prêmio na loteria. E sozinha!

Já a Marisa estava fazendo jornalismo na USP, bem perto da Letras, mas ainda não nos encontráramos por lá. Seu novo namorado nada tinha a ver com aquela triste figura do Márcio, ao contrário. Era um cara bem charmoso, um pouco mais velho, mais centrado. Parece que era professor universitário. Eu me senti um pouco incomodada ao vê-los juntos, um sentimento ruim de perda me acossando. Para tentar ficar por cima, puxava o Lupe pela mão daqui para lá, de lá para cá. E sempre que achava que Marisa estava me olhando, dava um jeito de roubar um beijo ruidoso do Lupe.

Ela tinha me dito que estava muito feliz com o namorado, mas naquele dia deviam estar brigados, pois Marisa não parecia estar bem e os dois foram embora muito cedo. Depois daquele rápido encontro, ficamos sem nos falar por dois meses. Às vezes, eu pensava nela, mas meus sentimentos eram tão confusos que nem sabia precisar se havia saudade. Por isso, fiquei um pouco chocada porque minhas pernas bambearam, quando ela ligou.

– Podíamos sair, tomar alguma coisa, conversar – Marisa perguntou, com alguma ansiedade na voz.

– Ah, boa idéia! Pode ser na quinta – pensei rápido. – Você pode?

– Na quinta está ótimo para mim! – ela estava exultante.

– Onde? –perguntei.

– Você conhece o Brahma, ali na Avenida Ipiranga?

– Sei onde é, quase em frente à Praça da República – comentei.

– Isso mesmo. Pode ser lá às nove?

– Para mim está bom, te vejo na quinta, então. Um beijo.

– Outro. Tchau.

Desliguei o telefone e me deu uma tremedeira danada. Fiquei como barata tonta, zanzando de um lado para o outro, entre assustada e feliz. Parecia que o baú tinha sido aberto e todos aqueles sentimentos que eu tinha trancado vinham à tona, meio empoeirados, mas "tormentosos".

Fui até a cozinha, tomei água gelada. Sentia o frio escorrendo por dentro, mas nada diminuía aquela febre. Andei até o banheiro e lavei as mãos, que me pareciam muito suadas. Fui até minha escrivaninha, apanhei uma caixinha de madeira que ficava trancada na minha gaveta. Abri-a cuidadosamente, como se tivesse medo de que algo saltasse de lá e me tomasse de súbito. Peguei meus poemas tolos de amor, li um por um com uma improvável calma. Fui lendo mais rapidamente, procurando algo, até que encontrei: a declaração de amor que Marisa me fizera em versos. Reli ansiosamente e, antes de chegar ao final, um soluço veio acompanhado de uma torrente de lágrimas e emoções desencontradas. Fiquei ali, quietinha, acariciando o papel, o sentimento ainda todo vivo, à flor da pele.

Fiquei por um tempo pensando na minha vida. Meus pais já estavam muito bem: meu pai tinha melhorado bastante depois da terapia, e além do emprego novo, estava muito mais calmo e não se dopava mais com remédios. Minha mãe já podia trabalhar menos e aproveitava mais seus momentos de lazer. Os dois viajavam em quase todos os feriados, procuravam sair aos finais de semana. Eles adoravam o Lupe e, sempre que possível, ele almoçava conosco aos domingos. Nem as inevitáveis piadas de mau gosto sobre casamento, as expectativas quanto aos futuros netos e aquele tom profético sobre a felicidade eterna que estava batendo à nossa porta chegavam a me perturbar.

Eu e Lupe já transávamos há algum tempo. Ele tinha sido muito delicado, teve paciência para aguardar o meu momento sem nunca me pressionar. Eu até gostava de fazer sexo com ele, mas não sentia aquele arrebatamento que minhas amigas de faculdade falavam. Era visível que Lupe me amava profundamente. Isso, às vezes, me assustava, pois eu não sentia a mesma coisa por ele. Mesmo assim, gostava de me saber tão amada. De algum jeito, aquilo me dava segurança.

Mas algo não andava bem comigo, eu me sentia vazia. Faltava alguma coisa, eu não sabia bem o que era. Às vezes, eu ficava triste sem motivo. Às vezes achava que a vida sem sustos, mas também quase sem emoção, não era o que eu sonhara. Sempre que isso acontecia, porém, eu fingia ignorar meus sentimentos, deixava para pensar mais tarde. Adiava tudo, sempre adiava.

Talvez por isso é que aquela perspectiva de reencontrar Marisa tinha mexido tanto comigo. Até chegar a quinta-feira, sofri com crises de ansiedade, tremores pelo corpo, mão úmida, meu peito parecia que ia arrebentar. Ficava remexendo minhas lembranças, trazendo à baila a memória daquele amor interrompido. Impossível contar as inúmeras vezes em que li e reli o velho poema.

Na véspera, sonhei a noite toda com a Marisa: ela vinha em minha direção toda de branco, linda, com os olhos negros postos nos meus, sorrindo e me chamando. Trocávamos beijos, carícias íntimas, um calor forte por dentro. De repente, um grito ecoava e o sonho se transformava em terrível pesadelo: Marisa indo embora, como que sugada para trás, para longe de mim. Ela ia ficando cada vez menor, até desaparecer. Eu ficava numa procura desesperada, até cair de exaustão, chorando compulsivamente.

Acordava assustada, o corpo todo molhado de suor. Levantava, tomava um pouco de água, andava pela casa, deitava. Começava a dormir e o pesadelo me assaltava de novo. Quando eram cinco e pouco da manhã, resolvi me levantar, já exausta pela noite mal dormida. Chegara finalmente a desejada e temida quinta-feira.

O dia transcorreu lento, arrastado, eu olhava o relógio de minuto em minuto. A minha sorte é que eu tinha muito o que fazer, mesmo assim a noite demorou séculos para cair. Saí da editora e corri para casa, para me aprontar. Tomei um banho demorado, coloquei um perfume especial, passei um batom discreto. Para escolher a roupa, levei uma eternidade, nada ficava bom o bastante. Abri minha caixinha com antigos segredos, apanhei o anel de avalone – *Achei que combinava com seus olhos azuis* –, suspirei como quem toma coragem. Me olhei no espelho ainda uma última vez, saí.

Cheguei no Brahma uns minutos depois das nove, procurei ansiosa nas mesas que ficavam na área de espera do bar, ela não estava. Entrei. O restaurante estava cheio. Olhei ao meu redor lentamente, procurando aquele rosto conhecido por entre as velhas mesas. De repente, uma fagulha me incendiou: um par de olhos negros sorriam para mim. Tive medo de dar bandeira e sair correndo para abraçá-la, derrubando tudo pela frente, por isso fui andando vagarosamente para a mesa em que ela estava, meus passos perdidos nas batidas descompassadas do meu coração. Ela se levantou abruptamente, a bolsa pendurada arrastou a cadeira para trás, um estrondo e dezenas de pares de olhos voltados para nós. Pela primeira vez, vi Marisa enrubescer.

Alcancei a mesa com dificuldade, parecia que o ar me faltaria no meio do caminho. Abraçamo-nos demoradamente, forte calor de corpos estremecendo. Sentei e procurei o garçom, disfarçando meu embaraço. Voltei meus olhos para ela:

– Que bom te ver! – exclamei quase num sussurro.

– Eu estava com muita saudade! – ela devolveu e abriu um enorme sorriso.

– Eu também!

Senti que precisava de uma bebida, pedi uma cerveja *light*. Marisa tomava vinho branco. Quando chegou minha bebida, brindamos ao nosso encontro. Aos poucos, consegui dominar a emoção e iniciar uma conversa normal, do tipo "o que você anda fazendo". Falamos um pouco sobre tudo, trabalho, estudo, amor.

– Você ainda está namorando? – perguntei de repente.

– Ah... digamos que sim.

– Como assim? – perguntei intrigada.

– Bom, é que eu estou namorando um cara casado.

– É aquele cara que estava no meu aniversário?

– Não! Já é outro.

– Ah... – eu estava um pouco chocada. – Não é ruim? Quero dizer, ter outra pessoa na jogada, ser a outra?

– Não, eu não estou apaixonada, só estou me divertindo. *It's just sex, baby*!

– Entendi... – falei sem entender nada.

– E o Lupe? – ela questionou.

– Está bem – falei sem muita convicção.

– Vocês estão bem?

– Ah, muito bem – menti, não sei bem se para ela, ou se para mim.

– Que bom! – o tom era irônico.

– É.

Continuamos a conversar sobre amenidades, relembramos nosso tempo de escola, falamos sobre nossos pais. De repente, ela lembrou:

– Você não imagina! Investiguei: foi minha mãe! – ela falou, rindo.

– Hein?! – não estava entendendo nada.

– Foi minha mãe que traiu meu pai! Lembra da história da separação dos meus pais? Descobri tudo!

– Ah! Nossa, justo ela! Não é a família dela que é careta? – fiquei impressionada.

– Pois é. Foi chato, mas pelo menos não há mais mistério para mim.

Então ela contou em detalhes como havia descoberto toda a verdade. Marisa não me parecia bem, sentia que ela estava um tanto amarga, triste. Então me lembrei do anel. Mostrei meu anular para ela:

– Lembra?

– Nossa, você ainda tem! – duas lágrimas escorreram pelo seu rosto silenciosas.

– É – fiquei com a voz embargada pela emoção.

De repente, ela olhou no relógio e soltou um grito:

– Meu Deus, já passa de meia-noite! Perdi o metrô!

Comecei a rir sem parar, ela se tocou e também começou a rir. Comentei:

– Parece que é nossa especialidade!

– Perder a noção do tempo, perder a hora, perder o trem – ela já não ria.

Fiquei em silêncio, um aperto doído no coração.

– Detesto tomar táxi a esta hora! – ela comentava, enquanto se agitava na mesa.

– Eu estou de carro, te levo em casa – me apressei em dizer.

– Que bom!

Ficamos ainda enrolando ali por mais de uma hora, sem mais nenhuma pressa. Pedimos a conta quando os garçons começaram a virar as cadeiras das mesas desocupadas. Deprimente fechar um bar sem querer ir embora!

Levei Marisa até a Vila Mariana. Parei o carro junto à calçada e automaticamente desliguei o motor. Ficamos ali nos olhando intensamente, um silêncio voraz roendo qualquer possibilidade de calma. Baixei os olhos, sem vontade de dizer adeus. Quando ergui o olhar, Marisa se aproximava, surpreendendo-me com um beijo na boca. Beijamo-nos com fúria, com desespero. Depois de um longo abraço apertado, ela segurou meu rosto com as duas mãos, beijou-me de novo e saiu do carro rapidamente, sem uma palavra, sem olhar para trás.

Fiquei ali, jogada no carro, sem conseguir nem ao menos dar a partida. Não sabia o que pensar, nem bem conseguia identificar o que sentia. Meu coração estava batendo apressado, parecia que ia saltar fora do peito. Uma enorme confusão se formava na minha cabeça: estava feliz como nunca, mas com um medo esquisito me tomando aos poucos. Medo de ser rejeitada ou de dar tudo certo? Não sabia, não conseguia ter um único pensamento coerente. Sentia um prazer prolongado, me deixava ficar ali no carro, na beira da calçada, ignorando perigo de assalto e o risco que acabara de correr: de ser feliz ou de pôr tudo a perder.

Tentei respirar fundo, dar uma ordem no caos que me assaltava. Com esforço, consegui me localizar novamente no tempo e no espaço. Fui me acalmando devagar. Dei partida no carro e voltei para Santana sem pressa, como se assim pudesse prolongar o beijo, saborear um pouco mais a sensação boa que me inundava. Um céu absurdamente estrelado era a única testemunha do meu delicioso tormento. E agora?

10

Aguardei por uns dias que ela me ligasse. Não conseguia pensar em outra coisa, estava desconcentrada, perdida. Ficava jogada na cama, me lembrando do beijo, do cheiro de mar da respiração ofegante de Marisa. Ficava repetindo a cena uma vez atrás da outra, às vezes muito feliz, outras vezes apavorada. Queria rever Marisa, queria reviver aquele amor. Até meu pai, sempre alheio às minhas coisas, estranhou e perguntou se eu estava bem. Como explicar para ele que só estava apaixonada... por uma mulher? Dava qualquer desculpa, nem me importava muito se era esfarrapada, se ele entenderia. Estava novamente com todos os sintomas da paixão!

Ela não me ligou e fiquei sem coragem de procurá-la. Depois de alguns dias, comecei a perder a esperança, não sabia mais o que fazer. Pensei no Dinho, lembrei da alegria dele no meu aniversário contando que ia morar com o Renato. Tomei uma resolução: falaria com o Dinho, abriria meu coração, pediria ajuda, conselho. Eu já sabia que não dava para querer resolver tudo sozinha, para tentar abraçar o mundo sem contar com alguém. Naqueles dias, Dinho estava viajando, participando de um evento de moda muito importante no Rio. Mal ele colocasse os pés em São Paulo, eu iria abordá-lo. Enquanto isso, aquela espera angustiante por notícias de Marisa.

Uma tarde, eu estava em casa brigando com um texto chato que tinha de revisar, quando o telefone tocou. Corri para atender, ansiosa. Era a Clara.

– Clara, que bom falar com você!

– Estou com saudades! Você some, deixa as amigas na mão – ela brincou.

– Como vai a escolinha, a Suzi?

– Tudo bem com as duas, Suzi perguntou por você estes dias. Aliás, é por causa dela que estou te ligando. Queremos convidar você para jantar, para podermos conversar um pouco – Clara estava meio enigmática, mas eu mal notei.

– Ai, Clara, que ótimo! Estou precisando tanto conversar. Você é mesmo meu anjo da guarda, viu? Você nem imagina a novidade que tenho para contar! – provoquei.

– Então conta, ué!

– Ah, não! Tem de ser pessoalmente.

– É daquelas histórias complicadas?

– Hum-hum – assenti. – E você nem imagina o quanto!

– Já vi tudo! – ela brincou.

– Ah... o convite para jantar, é para chamar o Lupe?

– Bom, o convite era só para você, mas se...

– Então, ótimo – cortei a Clara. – Vem mesmo a calhar.

– Você pode quando?

Fui ansiosa consultar minha agenda, dei sorte:

– Clara, minha querida, fica muito em cima da hora para vocês se for amanhã?

– De jeito nenhum! Ó, o jantar é simples, hein? Não vai esperando nada sofisticado.

– Eu levo a sobremesa, pode ser?

– Está bom. Às oito?

– Ótimo! Até amanhã, Clara. Um beijo.

– Outro. A gente te espera.

Desliguei o telefone e senti grande alegria. Não tinha pensado na Clara, mas quem melhor do que ela para me dar conselho? Consegui sobreviver àquele resto de dia e cheguei a ficar alegre durante o dia seguinte, pelo menos sabia que teria algum alívio, poderia desabafar. Mal sabia que também apreciaria uma grande revelação como aperitivo.

Cheguei à casa da Clara pontualmente, ela abriu a porta toda sorridente. Ela estava perto dos trinta anos, mas parecia muito mais jovem, numa forma impecável. "Quero ser assim na idade dela" – pensei comigo. Abraçamo-nos, matando a saudade.

– Por que é que a gente faz isso, hein? – ela indagou. – Tanto tempo sem um encontro sequer!

– É, Clara! A vida numa cidade imensa como São Paulo tem dessas coisas.

– O importante – Suzi completou – é que o carinho é sempre o mesmo.

– É isso aí!

Sentamos no sofá da sala, ficamos falando amenidades, colocando os assuntos cotidianos em dia. Suzi trouxe uma bandeja de frios, Clara fez uns aperitivos.

– Isso porque o jantar era simples, hein? Imagine se não fosse! – brinquei.

– É que é uma ocasião especial – Suzi piscou para mim.

– Ah, é? – fui perguntando meio constrangida. – Aniversário de alguém?

– Não, é que eu queria te contar uma coisa. Faz tempo que estou para te contar, mas sempre acabo deixando prá lá, mas agora é diferente.

– Nossa, que enigmática, que solene! Estou ficando preocupada! – brinquei, mas estava mesmo curiosa.

– Posso começar?

– Claro, por favor! – implorei, brincando.

– Bom, você já sabe que eu e a Suzi, além de sócias, moramos juntas – ela falou, com um olhar safado, brincalhão. – Mas ainda não sabe que também dormimos juntas!

– Ah, safada! – provoquei. – E você nunca me contou nada!!

– É, estamos casadas já há quatro anos! Ufa, é isso! – Clara falou de uma vez.

– Pronto, foi mais fácil do que você imaginava – Suzi brincava com o constrangimento da Clara.

Sem eu entender bem o porquê, aquela revelação inesperada encheu meu coração de alegria. Quase eufórica, perguntei:

– Puxa, que legal! Mas por que você nunca me disse nada?

– Você acredita que fiquei inibida?

– Ah, não! – duvidei.

– Pois fiquei. E muito!

– Você é mesmo um poço de contradições, hein? – comentei, me lembrando de outras situações.

– Você nem imagina quanto! – a Suzi brincou.

– Mas por que vocês resolveram me contar agora?

– Prepare-se, aí vem bomba! – Suzi provocava.

– Pára, Suzi! – Clara a repreendeu carinhosamente. – Ela não está me ajudando em nada.

Eu ri e fiquei aguardando em silêncio o que Clara tinha para me falar. Nunca tinha visto a Clara tão sem jeito, estava achando tudo muito interessante.

– Vamos adotar um bebê e queremos que você seja a madrinha! Pronto, falei!

– Que máximo! – exultei, feliz por ter sido a escolhida.

Depois elas me explicaram tudo direitinho: pela lei, elas não podiam adotar uma criança como casal, mas qualquer cidadão podia, independentemente do estado civil. O plano era Clara adotar uma criança, depois Suzi adotaria outra. Clara havia feito a inscrição e o processo estava já no final, a criança deveria chegar em breve.

– Estamos tão ansiosas! Só nos faltava isso para a nossa felicidade ser completa.

– Vamos brindar? – sugeri.

Brindamos e comemoramos bastante. Elas me levaram para conhecer o quarto da criança, que já estava todo cheio de brinquedinhos e enfeites. Achei tudo lindo, a alegria delas me contagiando. Sem mais segredos, Clara e Suzi trocavam carinhos discretos na minha frente, o que me emocionava. Era perceptível que elas tinham um relacionamento gostoso, tranqüilo, cúmplice. O efeito daquela intimidade feliz foi absolutamente devastador: comecei inconscientemente a rever meus medos, a achar que aquele relacionamento não convencional era o mais bonito que eu já vira em toda a minha vida. A felicidade delas era contagiante.

Depois, Clara, atenciosa como sempre, lembrou-se do que eu falara ao telefone:

– Você disse que precisava conversar, o que está acontecendo?

Ela falou de um jeito que me lembrou da época em que eu trabalhava na escolinha. Contei em detalhes meu último encontro com a Marisa, falei da ansiedade em que eu me encontrava.

– Nossa, essa história está parecendo trama de novela, Fernanda – Clara brincou. – Faz meses que você começou a me contar. Você não acredita em finais felizes?

– Ela não me ligou mais.

– Nem você.

– Eu não vou ligar, tenho medo!

– Por quê?

– Por que ela pode estar apenas se divertindo – falei, ainda ouvindo a voz de Marisa: *Não, eu não estou apaixonada, só estou me divertindo. It's just sex, baby!*

– E qual é o mal em se divertir também?

– Acho que estou apaixonada – falei ansiosa. – Redescobrir isso em mim foi muito difícil, não quero me machucar!

– E se você escrevesse uma carta? – Suzi sugeriu.

– Não, acho que eu queria mesmo é que ela se declarasse para mim.

– Mas que criança romântica! – Clara zombou.

– Não sou criança! – me enfezei.

– Calma, é brincadeira – Suzi apartou.

Ficamos ali tentando achar soluções para o meu dilema, mas nada me parecia bom o suficiente. Acho que Clara tinha razão, eu era muito romântica, queria amor, uma garantia de felicidade. Estava sonhando alto demais.

– Por que nunca há garantias, meu bem – Clara ensinava. – Mesmo que você seja correspondida, tudo na paixão pode ser fugaz. Se você for esperar até não existirem mais dúvidas, vai morrer sem saber se daria certo ou não!

– Acho que você tem razão – assenti, mas já fui me esquivando –, mas vou esperar um pouco mais.

Passamos o resto da noite falando bobagens, futilidades, desanuviando, que a seriedade tinha sido muita. Suzi estava inspirada, contando piadas engraçadíssimas. Eu estava muito mexida, sentindo o quanto meus temores podiam ser vazios, descartáveis. Saí de lá invejando: "quero ter um casamento feliz como o delas!". Mas não pensava no Lupe, pensava em Marisa.

Voltei para casa um pouco mais leve, mas não menos confusa. Difícil estar bem com Lupe, tão enfronhada nas minhas dúvidas existenciais e amorosas, tão culpada por ansiar mais beijos como aquele, mesmo que furtivos, mesmo que roubados na madrugada. Comecei a perceber que podia ficar menos exigente quanto à Marisa, talvez fosse possível pagar para ver. Mas, como sempre, adiava tudo. Sempre adiava.

No dia seguinte, pensei em pedir socorro para o Dinho. Liguei para casa dele, mas ele ainda não voltara do Rio. Falei com o Renato:

– Rê, quando o Dinho volta? Preciso tanto falar com ele!

– Ele deve estar de volta nesta semana, falta pouco agora. Eu não estou mais agüentando de saudade, menina!

– Imagino.

Desliguei e fiquei pensando na felicidade dos dois, enquanto lidava com alguns afazeres domésticos. Eles montaram a casa deles logo depois do meu aniversário, havia poucos meses. Que diferença eu sentia na intensidade dos sentimentos. Invejei um pouco aquele amor, como desejara ter o amor que unia Clara e Suzi. Lupe era um cara bom, mas me faltava emoção. Fiquei pensando nisso tudo, quando tocou a campainha – era o correio. Um envelope vermelho no meio da correspondência me chamou a atenção. Endereçada para mim, a carta tinha a letra firme de Marisa.

De novo aquela fraqueza sutil nas pernas, como se fosse desmaiar. Corri para o meu quarto, fechei a porta, abri cuidadosamente o envelope. Era quase um bilhete. Sentei na cama, comecei a ler, a devorar:

"Nanda,

numa noite tenho coragem, te roubo um beijo. Noutra, morro de medo, quero sumir. Não sei o que fazer com esse desejo doído de te rever, nem o que fazer com a covardia que me impede de te ligar.

Não sei lidar com a convulsão destes sentimentos que me tomam, contraditórios, assustadores, deliciosos. Mas sei lidar menos ainda com essa saudade que acorrenta meu peito e sufoca meus dias.

Preciso de ar, quero te ver.

Um beijo,

Marisa"

A alegria me tomou, um tesão sutil percorreu meu corpo todo, morri de vontade de ligar na mesma hora. "Calma" – pensei –, "não se precipite, não precisa correr". Covarde, a verdade era essa: eu era covarde!

Li centenas de vezes o bilhete, ele deixava pouca margem para dúvida. Nada de garantias, mas a certeza de que ela vivia um tormento parecido com o meu. Inúmeras vezes, naquele dia e nos seguintes, apanhei o telefone, cheguei a teclar alguns números, mas desistia, aflita. A mão suada, as pernas bambas, aquela tremedeira que me tomava o corpo todo. Desligava. Andava de um lado para outro, saía correndo de casa. Fugia.

Sonhos recorrentes, noites passadas entre prazer, aflição e desespero. Acordei suada e com o coração acelerado pela enésima vez em poucos dias. Tomei uma decisão: "De hoje não passa!". Saí logo cedo, fui à faculdade, revisei textos, cumpri com todas as minhas obrigações, mas a respiração estava suspensa, o coração quase parando. Voltei para casa no finzinho da tarde, entrei decidida: apanhei o telefone, disquei todos os números sem hesitar. O toque insistente, ninguém para atender do outro lado. Quando estava quase desligando, a voz de Marisa, um pouco ofegante:

– Alô?

– Eu gostaria de falar com a Marisa, por favor – sabia que era ela, mas quis fazer suspense.

– Nanda!

– Oi – ansiedade.

– Que bom que você ligou!

– Recebi sua carta.

– ...

– Vamos nos encontrar? – perguntei, à queima-roupa.

– Quando você quiser! – ela estava ansiosa.

– Pode ser na quinta, às nove?

– No Brahma?

– Isso.

– Estarei lá! – ela foi firme.

Dessa vez a espera pela quinta-feira transcorreu de modo prazeroso. As lembranças eram agradáveis, a ansiedade dava um tempero, uma emoção. Nos sonhos, cenas de beijos românticos, longos, eternos. Às vezes, sonhava que fazíamos amor. Acordava com tesão, sentindo o cheiro de Marisa no meu corpo, o hálito de vinho na minha boca. O dia esperado chegou, a noite caiu. Fui ao encontro como quem caminha no cadafalso.

Naquela noite, conversamos um pouco mais intimamente. Confessei para Marisa minha insatisfação com o meu namoro. Ela também abriu seu coração, contando como andava triste sem amor.

– Sexo é divertido, Nanda, mas só isso não mantém minha alma viva, estou me sentindo seca, vazia – comentou.

Falamos muito sobre quase tudo. Em relação àquele beijo na madrugada, porém, nenhuma palavra. Conversamos sobre nossas faculdades, divagamos, fofocamos. Fechamos o restaurante de novo. O tempo parecia ter muito mais pressa quando estávamos juntas. Foi com um misto de tristeza e expectativa que fui levá-la até sua casa.

Parei o carro e desliguei o motor. Eu estava muito ansiosa e totalmente covarde. Eu queria repetir o beijo, mas me era impossível tomar a iniciativa. Parecia que grandes correntes atavam meus braços junto ao meu corpo e, na minha fantasia, seria preciso um esforço sobre-humano para vencer tamanha resistência. Ficamos em silêncio, contemplando a noite escura. Eu ouvia a respiração suave de Marisa como que se adensando. Senti medo e tesão ao mesmo tempo, cada sentimento fazendo o outro aumentar indescritivelmente. Sem coragem de olhar para ela, encostei a cabeça no banco e fechei os olhos.

Subitamente, um calafrio. A mão de Marisa pressionou delicadamente a minha perna. Sentindo arrepios, fui virando lentamente meu rosto em direção a ela. Criei coragem, abri os olhos e vi seu rosto contra a luz que vinha da rua. Seu olhar era lindo, sensual. Ela me sorriu com ternura, mas de repente começou a me abraçar sofregamente, com desejo quase incontido.

Segurando meu rosto com as duas mãos, Marisa tocou meus lábios vagarosamente, iniciando uma brincadeira maliciosa com a língua, que ameaçava entrar em minha boca, para depois recuar de repente. Eu entreabri meus lábios, que ela mordiscava provocativa, fazendo um calor intenso brotar por entre as minhas pernas. Beijamo-nos com a fúria de quem há muito espera. Ela, então, soltou um suspiro doído, abriu a porta e saiu correndo do carro. Sem uma palavra e sem olhar para trás, Marisa sumiu por entre as árvores que ornamentavam o jardim do prédio, me deixando ali, entre a frustração e o êxtase. Um tremor violento percorria todo meu corpo, uma excitação até então desconhecida para mim. Perdida no negrume da noite, me deixei ficar ali por alguns instantes, até me recuperar um pouco. Ainda tomada pelo desejo, liguei o carro e parti.

11

– Fernanda, voltei!

– Dinho! Que bom ouvir sua voz! Como foi no Rio?

– Ah, minha querida, foi bárbaro!

Todo empolgado, Dinho contou detalhes do evento, das novidades que vira, falou sobre os contatos importantes que fizera. Existia a possibilidade de fazer um curso de seis meses em Milão, dependia apenas de alguns acertos. Ele estava feliz como eu nunca vira antes, cheio de energia, com todo o ânimo que me faltava.

– Preciso tanto conversar com você, meu amigo!

– O que está acontecendo? Posso ajudar?

– Pode, eu acho! Mas temos de conversar pessoalmente, porque a conversa é longa.

Marcamos na tarde de sexta. Fui até o estúdio dele, que ficava nos Jardins, região nobre da capital paulista. Dinho me recebeu todo alegre, exuberante.

– Ai, que saudade! – ele exclamava, enquanto me dava um abraço bem apertado. – Que bom te ver!

– Você não imagina como me fez falta! – comentei.

Conversamos muito, vi fotos, ele me mostrou o material que trouxera. Falou-me da alegria de rever o Renato, da falta que sentira dele durante a viagem. Contei-lhe da Clara e da Suzi, que ele conhecera apenas de vista no meu aniversário. Sem me agüentar mais, explodi:

– Dinho, acho que estou apaixonada!

– Uau! Que surpresa! Mas...e o Lupe?

– Pois é, o Lupe. Nosso namoro é quase perfeito – expliquei, aflitíssima.

– Quase?

– Esse é o problema. Eu sei o quanto ele me ama, mas estou apaixonada por outra pessoa.

– Quem é o felizardo, posso saber?

– A felizarda.

– Quê?! Não me diga!

– Digo!

– Bem-vinda ao time, Fernanda! – ele zombou de mim.

– Agora se prepare para cair de costas. Adivinhe quem é ela?

– Eu conheço? Ai, não faço a menor idéia. Quem seria, meu Deus? Ah, deixe de maldade, estou me roendo de curiosidade! Quem é?

– A Marisa.

– A Marisa, do Objetivo?!

– É ela!

– Você sabe que eu já tive minhas suspeitas, né?

– Eu imagino que sim. Lembro como eu fugia de você no colégio, porque achava que você ia sacar tudo.

– Me conta, me conta, quero detalhes!

Contei tudo para o Dinho, desde aquela primeira noite ainda nos tempos de escola. Falei do Brahma, dos beijos roubados na madrugada, do desassossego em que minha alma estava desde então. Abri o coração com meu amigo, mostrei-me inteira, frágil, perdida.

– Que é que eu faço, Dinho?

– Puxa, não sei te dizer.

– O pior é que estou apaixonada, mas não sei o que fazer com isso! Às vezes, quero ir fundo, mas morro de medo de levar um não! Outras vezes, fico achando que é tudo loucura da minha cabeça. Você sabe, é difícil, agora sou filha única. Você me entende? – perguntei meio constrangida.

– Entendo, entendo melhor do que você imagina. Mas acho que mais complicado do que enfrentar a família, é você sufocar um sentimento poderoso como esse. Você deve ouvir seu coração!

– Já me disseram isso, mas eu não sei o que fazer! Não sei se não seria melhor me contentar com estes encontros esporádicos e os beijos roubados. Às vezes, acho que ela só está brincando comigo.

– Sua situação é difícil mesmo! E ainda tem o Lupe. Ai, eu não queria estar na sua pele!

– Grande ajuda você está me dando, em vez de me consolar – bronqueei.

– Desculpa, mas acho que só você é que vai saber o que fazer e quando. Você precisa é domar a sua impaciência e tentar fazer parte disso tudo de um jeito mais divertido.

– Fácil falar! Como me divertir, se nem bem a deixo, quase morro de saudade? E se quando ela me beija, o mundo parece desaparecer. Para complicar, às vezes sinto culpa, sei lá!

– Eu sei, minha querida, eu sei. Não é fácil mesmo!

– Eu não sei nem te dizer se eu posso vir a gostar mesmo do Lupe, se gosto mesmo de mulher, ou se meu lance é só com a Marisa.

– E se a gente fosse a uma boate gay? Pelo menos a gente se diverte um pouco juntos.

– Sabe que pode ser uma boa idéia? Eu morro de curiosidade! Quando?

– Hoje, ué!

– Hoje, Dinho? Nem me arrumei. E o que eu vou falar para o Lupe?

– Vá para casa se arrumar, ligue para ele e diga que você vai num evento comigo e vamos, oras!

– É, pode ser – pensei por uns instantes e resolvi. – Fechado, vamos hoje!

– Quer que eu te apanhe em casa? Às dez, está bom?

– É melhor você me pegar mesmo, porque eu estou afins de relaxar, não vou querer dirigir na volta. Te espero às dez.

Dinho chegou pontualmente. No carro, fomos conversando animadamente. Eu estava ansiosa, mas feliz.

– Onde vamos? – perguntei, supercuriosa.

– No Tunnel, já ouviu falar? Fica aqui na Rua dos Ingleses, na Bela Vista. Já estamos quase lá.

Quando chegamos, eu levei um susto. Da porta, não havia indicação de que ali era uma boate, tudo muito discreto. Ao entrar, descemos uma grande rampa e então estava lá: luzes coloridas, muita gente, música bem alta, uma agitação enorme. Levou um tempo até meus olhos se habituarem com as cores fortes das luzes piscando. Dinho comentou, maroto como sempre:

– Fernanda, você está fechando, minha querida! As garotas estão loucas por você!

– Eu ainda estou achando tudo muito estranho, Dinho! Não consigo nem reparar direito em ninguém.

– Mas elas estão reparando em você. E muito!

Tentei descontrair, mas ficava tensa, dura, chocada com toda aquela novidade. Vi rapazes dançando agarradinhos, e achei esquisito. Na verdade, a sensação era bem confusa, pois junto da estranheza, vinha uma euforia, uma admiração. Aos poucos, fui percebendo que havia trocas de olhares intensos, danças de acasalamento, rituais ainda desconhecidos para mim. Sentei num canto, num sofazinho bem confortável, e fiquei tentando decifrar aqueles enigmas.

De repente, duas garotas sentadas na minha frente começaram a se beijar com um desejo louco. Achei aquilo meio indecente, mas não conseguia despregar meu olho. As mãos de cada uma começaram a percorrer o corpo da outra num vaivém envolvente. Eu estava em pânico, mas me assustei mais ainda quando me descobri cheia de tesão ao presenciar a cena. Dinho me deu um toque sutil:

– Fê, não é muito legal ficar secando tanto duas mulheres que se beijam, elas podem pensar que você está tentando seduzir.

Levei um susto, nem imaginava que era visível assim minha fixação. Agradeci e comentei:

– Nossa, Dinho! Eu nem me dei conta. Acho que fiquei meio hipnotizada pelo beijo! – comentei desconcertada.

– Eu percebi – ele ria da minha confusão.

Resolvi sair da concha, me ambientar melhor. Eu não podia querer passar a noite incólume, a experiência era forte e intensa, não tinha como fugir. Resolvi tentar relaxar. Depois de tomar uma cerveja, descontraí e consegui me soltar mais. Fui dançar com o Dinho, que fazia um sucesso enorme com os rapazes.

– O Renato não fica com ciúme?

– A gente lida muito bem com o ciúme. Eu confio nele, ele confia em mim. Eu sou fiel. Se não houver confiança, um relacionamento não tem futuro.

– Hum... que casal maduro – falei em tom de brincadeira.

– Você chega lá, minha querida, você chega lá! – ele deu o troco.

Dinho conhecia muita gente, principalmente rapazes, mas também algumas garotas vinham cumprimentá-lo.

– Fê – ele gritava no meio da pista, porque o som era ensurdecedor –, nunca fui cumprimentado por tantas garotas! Pelo menos você já sabe que, se resolver soltar a franga, não vai faltar mulher no seu pedaço!

– Ai, Dinho! Que horror! Eu sou romântica, quero amor, não gandaia!

– Tá bom! – ele foi irônico. – Quando acontecer, você me conta.

A cena mais divertida da noite foi ter topado com um colega da faculdade. Como eu estava ali só de farra, não me preocupei. Ele, porém, levou um tremendo susto e passou quase toda a noite tentando fugir de mim. Eu nem imaginava que aquele cara fosse gay. Sempre fui ingênua, não tinha jeito! Estava descobrindo que algumas das minhas qualidades – sonhadora, romântica, ingênua – eram, às vezes, defeitos imperdoáveis. Estava perdida nessas divagações inúteis, quando um rapaz muito bem arrumado e perfumado demais se aproximou de mim.

– Minha amiga quer te conhecer – ele falou no meu ouvido, apontando para algum ponto mais adiante na pista de dança.

Olhando na direção em que ele apontava, me deparei com uma garota que parecia ser um pouco mais velha do que eu. Alta, magra, com um corpo bem feito e seios quase à mostra num decote provocante. E sorria, sedutora. Ela era muito bonita, com cabelos castanhos claros e olhos verdes brilhantes. Fiquei perdida, desconcertada. Ao mesmo tempo em que queria me esconder, senti uma atração sutil pela desconhecida, que agora me acenava um tchauzinho simpático. Olhei a minha volta, meio zonza, confusa, tentando achar o Dinho. Ele tinha sumido, eu estava sozinha. O rapaz pegou minha mão e foi me puxando, enquanto se apresentava:

– Meu nome é Mauro, e o seu?

– Fernanda – balbuciava, enquanto era levada naquela confusão.

Fui me deixando levar, enquanto um medo enorme tomava conta de mim. O coração dava fortes pancadas no meu peito, como que ressoando o tum-tum do *techno* que rolava. Ao mesmo tempo, um irresistível desejo de ir até o fim, de enlouquecer um pouco. Ele me postou na frente da garota:

– Esta é a Fernanda – ele me mostrava para a garota. – Fernanda, esta é minha amiga Cristina.

Cristina esticara a mão para me cumprimentar, eu retribuí o gesto com timidez, contida. Ela segurou minha mão entre as dela e, aproximando o rosto do meu, sussurrou no meu ouvido que eu era muito bonita. Diante da ousadia da Cristina, fiquei sem reação. Quando me dei conta, seus lábios já amordaçavam o meu num beijo suave. Fui me deixando beijar, até começar a corresponder, confusa, maravilhada. Tensa a princípio, acabei me soltando um pouco, mas estava meio atordoada pela coragem da garota desconhecida que me beijava intensamente. Uma forte vertigem me espantou. O que eu devia fazer agora?

Fui salva pelo Dinho, que me resgatou daquele beijo com um toque sutil no ombro:

– Precisamos ir agora.

Me despedi de Cristina com um beijinho de toque, ela ainda fez um carinho no meu cabelo e comentou:

– Foi um prazer, gata – com uma voz maravilhosamente rouca que me deixou tonta.

Na volta para casa comentei com o Dinho que havia ficado assustada com tanta novidade, mas que no final da noite já me sentira bem. E perguntei, ansiosa:

– Você acha que fiz sucesso mesmo?

– Arrasou! Não viu que a garota mais cobiçada do salão foi procurar você? – ele adulou.

– Nossa, Dinho, nunca tinha passado por nada parecido! – falei um pouco assustada.

– Achou ruim? – ele parecia preocupado.

– Nem um pouquinho! – falei de um jeito bem malicioso – Adorei! – e fomos rindo até chegar em casa.

Aquela noite despretensiosa trouxe uma grande mudança para mim. Comecei a querer aquela vida, queria ser como aquelas mulheres, que olhavam para as outras com desejo e sem culpa. Que não se escondiam em namoros convenientes e vazios. Que – eu supunha, sempre romântica – punham a liberdade acima de qualquer coisa. "Vou ser livre" – pensei. Mas adiava, sempre adiava.

Um episódio envolvendo a Marisa, porém, virou de novo a minha vida. Ela voltou a me procurar pouco tempo depois do nosso último encontro, do nosso último beijo furtivo. A vontade de revê-la me fazia escrever febrilmente poemas bobos, cheios de desejo e tristeza. E os sintomas todos da paixão que já me roía por dentro, uma ansiedade que se traduzia em sonhos difíceis, em momentos alternados de agitação e profunda prostração.

Às vezes, eu desejava ardentemente que aquelas longas noites de conversa no bar se repetissem para sempre, só porque o gosto pelo risco faziam a paixão ficar perigosa, adrenalina em doses mortais. Arrepios percorriam meu corpo, desejo e medo me assombrando ao mesmo tempo. Depois da experiência na boate gay, eu me sentia mais corajosa, mais resolvida a arriscar. Tudo era ainda confuso e difícil, mas eu ansiava por ter Marisa me beijando para sempre. Para sempre.

Em outros momentos, eu me dedicava com uma energia absurda ao estudo e ao trabalho: virava noites lendo, revisando, escrevendo. Um modo, talvez, de ocupar todos os sentidos com o esquecimento, uma busca tola por uma calma breve, fugaz. Eu pensava em Lupe com tristeza e culpa. Não me sentia bem escondendo tudo aquilo dele, que era tão gentil e carinhoso. Me achava horrível, traindo um cara que me queria tão bem, que me amava com ternura e sinceridade. Mas logo, a saudade da Marisa me tomava, e minha consciência ficava oportunamente amortecida. Os dias de ausência me fizeram sofrer muito com tantas emoções desencontradas. Então, a voz da Marisa ao telefone me jogou outra vez no inferno da expectativa, da impossibilidade de esquecer:

– Nanda?

Coração disparado.

– Marisa?

Ela foi breve e eficiente:

– Quero ver você!

A voz trêmula mal dissimulava meu desejo:

– Amanhã?

– Hoje!

Sem pensar em mais nada, só na urgência daquele pedido, emendei:

– Às nove, no Brahma.

– Te vejo lá!

Só depois de desligar o telefone é que me dei conta da loucura que fizera. Eu tinha um compromisso importante com o Lupe naquela noite, difícil de não honrar: era aniversário da irmã dele, haveria um jantar para poucas pessoas, nós tínhamos confirmado presença. E agora? Nem pensei em ligar para Marisa e mudar a data, tinha medo de que um recuo meu fizesse um estrago irreparável, especialmente na minha ousadia. Inventei um problema urgente na editora, eu havia sido chamada para uma reunião de emergência, grandes possibilidades de um emprego fixo surgindo, eu não podia faltar. Falava rápido, atropelando as palavras, tentando ganhar tempo e evitar que ele pudesse pensar no absurdo daquilo tudo.

Lupe não ficou bravo como eu pensava. Ele ficou muito magoado, triste. A culpa ameaçou me tomar, mas a memória da última noite com Marisa tinha ficado impregnada em mim: o cheiro dela na minha pele, o gosto morno da sua boca, o abraço forte e quente envolvendo meus medos. Resolvi bancar a loucura, estava valente, queria pagar para ver!

O jantar e a conversa no restaurante de sempre eram só um pano de fundo, eu ansiava mesmo era pelo final, o beijo. Nada me tranqüilizava, nem mesmo o velho músico que tocava o violino com paixão. O clima de tempos boêmios da noite paulistana, a decoração antiga e suntuosa do Brahma só me acendiam ainda mais o desejo da aventura. Estive impaciente durante toda a noite, longa noite. Paguei a conta com alegria, como quem se liberta de um tormento. Queria a solidão protetora do automóvel junto ao meio-fio, dos faróis apagados, do motor quieto.

No caminho da volta, permanecemos num silêncio torturante, que me enchia de expectativas. Claro que Marisa repetiu a cena do beijo, mas quando ela se preparava para descer, prendi-a num abraço e voltei a beijá-la, agora com todo o tesão à flor da pele.

Suspirando, ela se entregou ao meu abraço e me beijou mais, sua boca quente envolvendo minha língua, seus dentes brincando com meus lábios. Eu gemia baixinho. Ousei tocar em seus seios, ela gemeu também. Sentindo que ela estava gostando, passei a mão novamente em seus seios, agora com firmeza, até sentir Marisa toda arrepiada de prazer. Tremendo, ela começou a me fazer um carinho suave e safado entre as pernas. Fui sentindo uma umidade quente sob os dedos dela, ágeis ao acariciar minha púbis.

Resolvi ousar ainda mais, enfiando minha mão sob sua camiseta larga e segurei os bicos dos seios dela com a ponta dos meus dedos, delicadamente. Ela abriu o zíper da minha calça e tocou meu corpo muito perto do meu sexo, enquanto eu me contorcia de prazer. Quando estávamos já enlouquecidas, ela me abraçou muito forte. Lágrimas corriam pelo seu rosto quando ela falou:

– Ai, Nanda, se você fosse homem... seria o cara da minha vida!

– ...

Fiquei muda e sem ação, congelada. Imediatamente, retesei todos os músculos e endureci minha alma. Foi um banho de água gelada, de novo! Me senti rejeitada, diminuída, desprestigiada. Comecei a chorar baixinho, uma tristeza imensa tomando conta do meu peito, me invadindo.

– Desculpa, eu não posso! – ela sussurrou. – Me desculpa! – abriu a porta do carro, desceu e saiu correndo.

Voltei para casa chorando muito, as lágrimas embaçando tudo, quase nem enxergava o caminho. Decidi naquele momento mudar a minha vida, parar de fugir, parar de adiar. Eu não queria mais me contentar com aquelas migalhas que a Marisa me jogava, não queria mais a aparência de felicidade que o Lupe me dava. Queria mais, queria tudo que eu tinha direito. A tristeza foi virando raiva, que virou dor, que virou mágoa. Com um esforço terrível, sobre-humano, decidi que ia esquecê-la. Fácil?

12

Algum tempo depois, num domingo de agosto, Lupe foi almoçar em casa. Eu já estava resolvida a terminar tudo com ele, mas ainda me faltava a coragem necessária. Para variar, adiava tudo, sempre adiava. Não sei se ele já tinha percebido que eu andava diferente, mas naquele dia me aprontou uma enorme cilada. Ele chegou todo misterioso, dizendo que tinha uma surpresa para nós. Pediu licença para minha mãe para guardar na cozinha algo que ele trouxera embrulhado numa sacola. A curiosidade de todo mundo ficou atiçada. Que surpresa seria aquela?

Depois do almoço, muito solene, Lupe pediu a palavra. Eu estava intrigada, não suspeitava o que ele pudesse estar tramando. Com alguns gestos estudados, um tanto teatrais, ele se levantou, segurou a minha mão e começou a falar:

– Seu João, dona Sílvia, como vocês já estão cansados de saber, eu amo muito sua filha. Já nos conhecemos há tempo suficiente para saber que eu a quero para minha companheira, minha esposa, mãe dos meus filhos.

Levei um tremendo choque. A partir dali já intuía o que estava por vir. Um nó se formou na minha garganta, um desespero me tomando conta. "Ele enlouqueceu", pensei. Nós namorávamos fazia pouco mais de cinco meses, nunca tínhamos falado sobre um compromisso mais sério. Não conseguia falar nada, nem imaginava um jeito rápido e eficiente de impedir que ele continuasse.

– Por isso, eu trouxe isto – ele falava, enquanto retirava do bolso uma caixinha de jóia e a abria, mostrando um par de alianças de ouro – para formalizar nosso noivado! O senhor me dá a honra de sua filha e eu ficarmos noivos?

Meu pai ficou boquiaberto, enquanto assentia com a cabeça, minha mãe ria e chorava. Era tudo o que eles sonhavam. O maravilhoso, inteligente e charmoso Lupe pedindo a mão da meiga filhinha deles em casamento. Enquanto saboreava a reação dos dois, Lupe colocou um anel em minha mão direita e o outro em seu próprio anular direito. Cheio de cerimônias, foi até a geladeira, abriu o congelador, retirou de lá a sacola, da qual sacou uma garrafa de champanhe francesa.

– Dona Sílvia, a senhora pode nos conseguir taças de champanhe?

Enquanto minha mãe providenciava as taças, eu tentava recuperar o sangue frio. Eu não conseguia reagir. Achava aquilo de um desrespeito acintoso: sem me consultar, ele armou aquela cena absurda, pomposa, teatral. Era uma armadilha, pois ele fez a única coisa que poderia me impedir de romper nosso namoro. Fiquei absolutamente constrangida, mas com uma enorme dor no coração.

Somente naquele momento é que percebi o quanto Lupe me amava. Certamente ele já me sentia distante, ausente, por isso arriscou tudo naquela jogada de efeito, uma tentativa desesperada de não me perder, quem sabe até de me conquistar de vez. Ele estava fazendo o que a maioria das garotas que conhecíamos desejava ardentemente, enquanto os namorados delas faziam brincadeiras estúpidas a respeito de se enforcar num casamento. Ele envolveu meus pais formalmente, me tomando de surpresa, me deixando sem ação. Me senti atada.

Como eu poderia, depois daquilo, dizer para ele que não o amava, que não podia mais continuar? Como olhar a felicidade inesperada dos meus pais e dizer que eu não queria nada daquilo para minha vida? Eu não tinha coragem de desfazer aquela ilusão, mas estava me sentindo traída. Por isso, eu mal conseguia disfarçar, dando um sorriso amarelo e sem graça. Meu pai provocou:

– Nossa, Fernanda! Parece que você viu um fantasma! – e ria como criança.

– É a emoção, pai.

– Então, vamos brindar! – era o Lupe radiante.

– Vamos! – meus pais responderam em coro.

Sem entender nada, ergui minha taça e toquei com ela as demais, num brinde estranho:

– Ao nosso amor, que dure para sempre! – Lupe me beijava no rosto, me abraçava.

– Aos futuros esposos e aos nossos futuros netos – completou meu pai, a voz denotando a emoção mal contida.

Lupe beijava meus lábios, feliz. Eu me deixava estar ali como um fantoche, sendo conduzida para lá e para cá, sem expressar minha confusão, tentando mostrar-me natural e alegre. Foi um dos piores domingos da minha vida, inesquecível e profundamente triste.

Quando Lupe foi embora, corri para o meu quarto, sentindo um medo que nunca havia sentido. Deitei de costas, o olhar perdido no teto, um aperto doído no peito, uma falta de ar, de senso, de razão para viver. De relance, vi a aliança na minha mão, me lembrei do anelzinho que Marisa me dera. Chorei convulsivamente por muito tempo, por mim, pela Marisa, por meus pais, pela felicidade falsa e doentia de Lupe. E agora?

Dormi muito mal, acordando várias vezes durante à noite com enjôos, com falta de ar. Tive pesadelos medonhos, dores pelo corpo, um desejo de morte se insinuando na minha alma. No dia seguinte, não consegui sair de casa. Aleguei estar passando mal, cheguei mesmo a vomitar. Fiquei na cama, tentando encontrar forças para tocar minha vida.

Quando consegui me recuperar, a primeira coisa que fiz foi ligar para o Dinho pedindo socorro. Alguns dias depois, ele foi me buscar na editora, ouviu assombrado minha história, enquanto tomávamos uma cerveja numa lanchonete decadente. Naquele momento, Dinho se mostrou o mais sensível dos amigos: não me questionou, não me provocou, só me ouviu, condoído, penalizado. Eu desandei a chorar, ele me abraçou e abrandou meu desespero com uma paciência maternal.

– Calma! Procure se acalmar. Você vai encontrar uma saída, dê tempo ao tempo. Com a cabeça fria você vai achar solução, tenho certeza!

– Você acha mesmo? – eu soluçava como uma criança mimada.

– Claro, minha querida. Você é uma mulher forte, independente. Você vai resolver tudo isso quando a hora certa chegar. Não se afobe.

– Mas Dinho, é difícil! Que eu faço?

– Tenha paciência, seja menos exigente com você. Ninguém pode te obrigar a casar, a ser infeliz. Apenas seja corajosa agora, leve a situação em banho-maria. Com mais serenidade, você resolve tudo sem problemas.

– O duro é isso, onde arranjar serenidade?

– Ioga? Tai-chi-chuan? Magia negra? – Dinho brincou, desanuviando a tensão.

Consegui rir com ele, aliviada por ter um amigo tão compreensivo e acolhedor. Fiquei pensando que ele tinha razão, eu estava fazendo uma terrível tempestade em um copinho de água. Eu sabia que ninguém poderia me obrigar a nada, tinha certeza de que na hora certa eu saberia o que fazer. Se eu estava me sentindo aprisionada naquela armadilha construída por Lupe, o jeito era ir levando, representando, que eu também sabia ser atriz.

Então contei-lhe da última noite com Marisa. Ele ficou indignado, eu fiquei prostrada.

– Mas essa Marisa está me saindo melhor do que a encomenda, hein? – ele se exaltava – Que loucura é essa?

– Você vê? Primeiro me provoca, me deixa doida! Depois me sai com uma frase estúpida dessa. Eu posso?

– Acho que ela não te merece. Se eu fosse você, partia para outra!

E Dinho ainda provocou:

– Quando você quiser voltar à boate...

– Dinho! – eu o repreendi rindo, fingindo estapeá-lo.

Mas sabe que a idéia não era de todo má? Não tinha coragem naquele momento, mas a lembrança daquela experiência passou a me assaltar vez ou outra, o beijo envolvente de Cristina, seus seios fartos no decote indecente. Secretamente, comecei a acalentar um desejo de voltar lá, de me divertir pura e simplesmente, sem compromisso e sem paixão, mas com todo o tesão a que tinha direito. *It's just sex, baby!* – me lembrei de Marisa. Apesar de tudo, sempre me lembrava dela.

Não ter visto Marisa naqueles dias era, de certa forma, um alívio. Para mim seria muito duro falar com ela. Aquela história batida de "o que os olhos não vêem, o coração não sente" até que fazia algum sentido agora. Como conciliar o amor e a rejeição numa conversinha social, cheia de convenções e delicadezas? Mas a saudade dela, tenho de confessar, assombrava meus dias.

– Clara, a Luana é linda! – exclamei.

– Não é? Uma coisinha tão fofa – Clara era a própria mãe coruja, uma felicidade absurda.

– Ela é uma coisa de louco – Suzi delirava. – Eu não agüento! Olha só a covinha no queixo! E esse cabelo enroladinho, então?

– Dá um beijinho na tia Fernanda, dá? – eu dizia, enquanto fazia cócegas naquela barriguinha fofa. Luana sorria, escondendo o rostinho no ombro de Clara. – Só um beijinho, vai? – e ela ria encabulada, linda.

– Vai no colo da tia Fernanda, querida? – Clara perguntou, muito carinhosamente.

Luana esticou os bracinhos gorduchos e inclinou o corpo na minha direção. Eu quase morri de felicidade!

– Eu vou ser sua madrinha! – eu olhava para ela quase sem acreditar. – Você quer?

Ela acenou afirmativamente com a cabeça, um tanto tímida ainda, sem entender bem o que eu dizia.

Eu olhava aquela criança miúda no meu colo, embevecida, admirando sem cansar. Luana tinha quatro anos, cabelos pretos, pele negra, um sorriso fugidio. Se Clara e Suzi não tivessem surgido na vida dela, certamente seu destino seria errar por instituições de caridade, orfanatos, ou ainda pior, a rua. Eu admirava ainda mais minhas amigas, que não tinham escolhido raça, sexo, idade. Uma demonstração inequívoca de amor sem preconceito.

Descobri com um certo alívio que não haveria um batizado formal, na igreja, com todo o ritual religioso. Na verdade, o batizado seria uma espécie de rito de passagem, um jeito de apresentar a Luana para familiares e amigos, "empossar" os padrinhos e acolhê-la de forma festiva.

Foi uma festa e tanto! Começou por volta das onze da manhã e terminou só depois de meia-noite. Por sorte, o segundo sábado de setembro já prenunciava a fantástica primavera que estava chegando. Eu me sentia toda orgulhosa com minha afilhada nos braços. Luana era linda e a honra de segurá-la estava sendo disputadíssima por todos.

Naquela festa, eu tive uma enorme surpresa. O churrasco já estava correndo solto, o pessoal dançando e conversando animadamente, quando Suzi me puxou para um canto.

– Fernandinha – ela brincava comigo.

– Fala, Suzi, que mistério é esse?

– Espero que você não se aborreça.

– Nossa, Suzi! Estou ficando preocupada – exagerei na testa enrugada de preocupação.

– Bom, é que uma amiga nossa, a Rosa... já te apresentaram a Rosa?

– Não, ainda não – estava intrigada.

– Pois é, a Rosa pediu para ser apresentada a você. Você se incomoda?

– Hummm... – fiz um ar afetado, depois me desmanchei em sorrisos. – Claro que não, querida! Mas deixa o Lupe ir embora, que eu não quero arrumar confusão, pode ser? Ele tem um compromisso com alguns amigos daqui a pouco e eu já tinha avisado que eu vou ficar na festa curtindo a minha afilhada.

– Vou mandar ele embora agora! – ela brincou – Tudo bem, me avisa quando der.

– Peça para a Rosa esperar.

– Tá.

Fiquei ansiosa. Quem seria a Rosa? Será que ela iria esperar? O que ela queria comigo? Já me sentia entusiasmada pelo desejo de aventura, o que aumentava minha excitação. Fiquei quase impaciente com a demora do Lupe em sair da festa, mas mantive a compostura até o fim. Quando ele resolveu se despedir, eu quase não consegui disfarçar minha alegria. Procurei a Suzi pela casa toda, descobri que ela estava no banheiro. Fiz plantão na porta, acho que eu estava meio amalucada.

– Suzi, cadê a tal da Rosa? – falei meio alto, assim que ela abriu a porta.

Suzi fez uma careta engraçada e mostrou a Rosa logo atrás de mim. Imediatamente fiquei vermelha, uma vergonha enorme. Virei muito lentamente, tentando ganhar tempo e disfarçar meu constrangimento. Rosa estava me olhando meio de lado, sorrindo, se divertindo com minha trapalhada.

– Muito prazer, eu sou a Rosa! – ela tinha uma voz provocante.

– Oi, desculpa o mau jeito.

– Não tem nada, eu também queria te conhecer.

– Meu nome é Fernanda, sou a madrinha da Luana! – falei de repente, meio sem saber o que devia fazer naquela situação.

– Eu já sabia.

Rosa tinha um charme especial. Ela não era propriamente bela, apesar de ter enormes olhos verdes, que quase cintilavam. Mas alguma coisa no seu tom de voz, ou no seu jeito tranqüilo de ser, me chamou a atenção. Eu nunca tinha conversado com alguém como ela, que parecia um moleque. Seus cabelos curtinhos e lisos eram raspados atrás e o topete ficava jogado de lado. Ela era magra, com um rosto fino e muito branco. Seios muito pequenos, enfiados em uma camiseta larga. Ela usava jeans largos, de número maior do que o dela e um pavoroso tênis preto. O sorriso, entretanto, era absolutamente encantador.

Eu falava com ela com os olhos fixos em seus dentes muito brancos, a boca sempre escancarada naquele sorriso mágico. Não me sentia atraída por seu corpo, mas pelo seu visual ousado, assumidamente masculino. Eu, que disfarçava qualquer sombra de desejo, que tinha medo até dos meus sonhos, achava aquele jeito despachado muito atraente, me dava sensação de liberdade. Para quem andava enrodilhada em tantas armadilhas como eu, a coragem dela era arrebatadora.

Foi um pouco difícil de iniciar uma conversa fluida. Ambas muito tímidas, ficamos nos rodeando, nos reconhecendo, procurando um começo. Eu me sentia relaxada, à vontade com ela. Não pensava em nada além daquele sorriso. O tempo ficou parado por alguns instantes, a memória vazia, sem Lupe, sem Marisa, sem medo. Depois de algumas poucas palavras convencionais, ela me beijou com ternura, sem avidez, como se todo o tempo do mundo estivesse à nossa disposição.

Deixamo-nos ficar até o final da festa de mãos dadas, quando só restavam os amigos muito íntimos de Clara e Suzi. Ninguém nem reparou em nós e aquela invisibilidade me fez sentir calma, segura. Não passamos daqueles beijos ternos, tranqüilos. Não trocamos telefones, nem promessas de nos rever. Foi um namorico de um dia, gostoso, *relax*, fugaz. Mas fez uma diferença enorme na minha vida!

13

Acordei no domingo um pouco sobressaltada. Aos poucos, fui me lembrando da noite anterior e senti uma alegria indefinível. Pensei em Rosa com ternura. Sorri. Me lembrei do prazer de estar de mãos dadas com outra mulher em meio a outras pessoas e tudo me parecer natural. Me lembrei do jeito ousado e moleque de Rosa, de seu beijo delicado e de como me sentira em paz.

Quase que imediatamente, pensei em Marisa. Quanta dor, que culpa carregava por causa de um simples desejo. A diferença era brutal! Senti pena de Marisa não poder saber como era bom não ter medo. Pensei na boate gay, nas mulheres que se beijavam ostensivamente, em Cristina e seus seios fartos, sua voz rouca me chamando sedutoramente.

No batizado de Luana, o meu batismo de fogo: comecei a desejar aquela ousadia em mim. A atração que eu agora sabia sentir por mulheres tão diferentes me apontava, inequivocamente, o caminho a percorrer. Uma excitação suave tomou meu corpo, senti arrepios ligeiros: a aventura densa e perigosa me atraía com promessas de emoção intensa.

E o Lupe? Ainda não me julgava capaz de encerrar aquele capítulo patético do meu romance, mas também não me sentia verdadeiramente compromissada. Ele fizera uma jogada de risco e não obtivera o resultado esperado, paciência. Da mesma forma que me sentira traída, forçada a um noivado ridículo sem ser consultada, também já não me importava mais se o traísse. O jogo ficava empatado.

Me deixei ficar na cama, pensando e sentindo tanta coisa nova. E boa. Rosa e Cristina se tornaram minhas musas, pela coragem e pela dignidade. Mas tenho de confessar: meu peito se apertava mesmo era de saudade da Marisa. Eu ainda sonhava com seus olhos negros faiscando de desejo, sua boca de lábios grossos e sensuais devorando minha calma. "Por que não, Marisa? Por quê?" – eu pensava, tristonha, inconformada.

Levantei, tomei um banho demorado e engoli um pouco de café. Meus pais não estavam, Lupe não viria. Tirei o resto do domingo para descansar e me refazer. Eu sentia que precisava de energia para começar aquela etapa nova na minha vida. Lembrei da profecia do Dinho na boate, da minha reação horrorizada – *Não quero gandaia* – e sua voz ainda ressoava no meu ouvido: *Quando acontecer, você me conta.* Não pude deixar de sorrir daquela sabedoria intuitiva, cúmplice.

Fiquei ouvindo música, lendo, refletindo. Queria saborear cada instante daquele meu novo estado de ânimo. Peguei um livro do Neruda que eu tinha encontrado no sebo, folheei ao acaso. Me deparei com versos que não poderiam ser mais perfeitos para aquele dia:

"Eu fiz retroceder a muralha de sombra,
E caminhei além do desejo e do ato."

Fiquei ali, repetindo aquelas palavras até decorá-las, como se fossem um poderoso mantra. Então percebi que a literatura poderia me ajudar ainda mais. Onde eu poderia encontrar livros feitos por mulheres, para mulheres? Literatura lésbica. Pela primeira vez aquela palavra não me causou desconforto. Para minha surpresa, não fiquei horrorizada. Lembrei da Rosa e seus suaves beijos milagrosos. Que mudança profunda a naturalidade despretensiosa dela operara em mim!

A lembrança de Rosa me deu um estalo: Clara! Ela poderia me ajudar melhor do que ninguém. Afinal, além de ser apaixonada por uma mulher, ela também era uma leitora voraz. Ela poderia me indicar alguns livros, sem dúvida. Sem pensar duas vezes, apanhei o telefone e liguei. Uma voz alegre atendeu do outro lado:

– Alô?

– Suzi? É a Fernanda. Tudo bem?

– Ô, sua danadinha, como vai?

– Sobreviveu à ressaca? – provoquei.

– Eu não bebi, querida. Agora sou mãe, tenho minhas responsabilidades! E você, sobreviveu à Rosa?

– Ela é uma graça. Obrigada por me apresentá-la! Você não pode imaginar o bem que me fez!

– É mesmo? Que bom.

– A Luana está bem?

– Mais linda do que ontem, acredita?

– Mas é coruja mesmo – brinquei – A Clara está?

– Está sim, só um instantinho, vou chamá-la.

Depois de uns instantes, Clara pegou o telefone. Exagerando no cumprimento, foi encompridando as palavras:

– Faaala, Fernaaaanda!

– Oi, Clara! A alegria está correndo solta aí, hein? Seguinte: estou precisando de uma ajuda sua.

– Em que posso ajudá-la, madame? – ela brincou.

– Queria saber se você pode me dar indicações de alguns herr... livros... hum...– claro que engasguei, minha naturalidade ainda estava engatinhando.

– Que tipo de livro, querida? – ela parecia curiosa.

– Bem, ahn... livros para mulheres, se é que me faço entender.

– Livros para mulheres? Ah, estou entendendo! Você quer livros para lésbicas?

– É isso! – fiquei aliviada por não precisar explicar mais.

– Olha, eu tenho vários, posso emprestar o que você quiser. Dá uma passada aqui em casa, vou separá-los agora para você.

– Posso ir agora? Não te atrapalha?

– Claro, vai ser um prazer. E depois, estou louca para ouvir as fofocas de ontem. Venha já!

Sem perder tempo, me vesti, peguei minha bolsa e as chaves, entrei no meu carro e fui à toda para a Aclimação, onde Clara e Suzi moravam. Mesmo tendo ido lá no dia anterior, peguei uma entrada errada e fiquei rodando pelas redondezas. Eu sabia que estava perto, mas não conseguia chegar. Minha ansiedade me fazia tentar uma rua atrás da outra, sem raciocinar direito. Cansada de rodar a esmo, encostei o carro, respirei fundo, tentei relaxar. “Tudo isso é medo de chegar?" – pensei, intrigada com aquela ratoeira em que me metera. Olhei o guia, percebi que bastava virar uma rua antes e eu estaria lá. Consertei meu percurso, remendei minha alma. "Coragem tem de ser para valer, Fernanda" – me repreendi. Em instantes, estava tocando a campainha.

– Olha, separei alguns de que mais gosto. Veja o que acha. Se quiser mais, a gente pega depois.

Falando isso, Clara apontou para uma pequena pilha de livros que estava na mesinha de centro. Ela pegou um volume grosso e me mostrou:

– Este aqui, *O poço da solidão*, é um clássico, bem antigo. O final é muito fraco, mas mesmo assim vale a pena – esticou-o para mim.

– Esse aqui é outro clássico – ela pegou um volume intitulado *Carol* – e é lindo!

– Nossa! É da Patricia Highsmith? – eu estava impressionada.

– A própria! Você sabe que ela primeiro publicou com pseudônimo, mas recebeu tantas cartas de agradecimento – foi o primeiro no mundo com final feliz! – que mais velha ela acabou autorizando a publicação com seu nome verdadeiro.

– E esse? – peguei um pequeno livro nas mãos, mas o nome me era bem sugestivo.

– *Sexo entre mulheres*? Interessada, hein? – Clara me provocou.

– Claro, não era para estar? – dei o troco.

– Dá-lhe, Fernanda! – Suzi me apoiou.

– Esse livro da Susie Bright é delicioso! Siga os conselhos dela e você vai se dar bem. É um guia sexual, mas totalmente escrachado.

– E esse? – perguntei, achando o nome bem legal.

– *Adeus maridos* são depoimentos de mulheres que foram casadas e depois se descobriram lésbicas. São relatos corajosos. Eu adoro!

– E esses dois são brasileiros: *Julieta & Julieta* e *Preciso te ver*.

– Acho que por enquanto está bom, depois eu pego mais.

– Estão todos à sua disposição. Agora me conte: o que aconteceu, para você ter esse interesse repentino?

Contei para elas das minhas desventuras amorosas e das sensações novas que eu tivera nas experiências da boate e do batizado. Falei muito, abri meu coração e até eu mesma me espantei como minhas idéias estavam articuladas. Parecia, pela primeira vez, que eu sabia exatamente o que eu queria. Como conseguir já era uma outra história, mas eu estava dando alguns passos importantes.

– E o Lupe? – Suzi parecia preocupada.

– Eu não estou muito preocupada com ele agora, Suzi. Estou sem coragem de resolver essa novela, mas não vou deixar de viver minha vida por causa disso.

– E como você vai viver a sua vida com ele nos calcanhares?

– Ah, eu só quero relaxar, curtir. Estou procurando aventuras, nada de muito sério. Acho que não vai ser difícil conciliar.

– Cuidado, Fernanda! – Clara, ponderada como sempre, me dava um conselho que fingi ignorar. – Você está querendo levar uma vida dupla, isso é complicado!

– É. Você vai ter de mentir, enrolar. Isso não combina nada com você – Suzi completou.

– Calma, gente! Vocês estão preocupadas à toa, nem aconteceu nada ainda!

– Ainda – elas repetiram em coro.

– Bom, fizemos nossa parte. Você é maior de idade, vacinada, sabe se cuidar. Mas pense bem no que vai fazer, viu?

– Pode deixar, Clara! Eu sempre penso muito no que você me fala – adulei. – Você sabe bem disso!

– Fernanda, eu tenho um filme aqui que acho que vai te interessar muito! – Suzi subitamente se lembrou. – Chama-se *Quando a noite cai* e é um dos filmes mais lindos que já vi. Você tem de ver, vai fazer muito sentido para você!

Ela correu buscá-lo no quarto e me entregou, recomendando muito cuidado, pois era uma jóia rara, blá, blá, blá... Saí de lá muito feliz, abraçada àqueles novos tesouros. Feliz e temerosa.

Cheguei em casa no finalzinho da tarde. Meus pais ainda não tinham chegado. Corri para o quarto para guardar os livros. Então comecei a me deparar com os primeiros problemas da minha "nova vida". Apesar de estar superinteressada nos livros, tive a preocupação de escondê-los dentro do meu armário, por debaixo de algumas roupas de inverno que estavam empilhadas em um canto. A advertência da Clara começava a fazer sentido, mas não quis pensar mais naquele assunto.

Tranquei a porta do meu quarto e coloquei o filme no vídeo. Mergulhei na história, fui saboreando cada instante. Quando o filme acabou, lágrimas escorriam pelo meu rosto sorridente. Suzi tinha razão, o filme era absurdamente lindo, poético, delicado, envolvente. Ainda muito comovida, adormeci sentindo meu coração bater feliz da vida.

Mesmo estando resolvida, ainda levei algumas semanas para tomar uma atitude mais concreta. Nesse meio tempo, li os livros que Clara me emprestara. Adorei todos, mas o que realmente me tocou fundo foi o de depoimentos verdadeiros, *Adeus maridos*. O que mais me encantava nele é que as mulheres eram muito diferentes, algumas passaram por problemas seríssimos, outras nem tanto, mas todas, sem exceção, jamais se arrependeram de ter abandonado maridos e lares constituídos para viver o amor por outras mulheres. Viraram todas minhas heroínas.

Então, inspirada nelas, dei um basta na minha lentidão e tomei um atalho seguro: liguei para o Dinho. Eu tinha certeza de que ele, ao contrário de Clara e Suzi, ficaria feliz em ser meu guia na aventura a que me propunha. E não deu outra.

– Dinho, lembra daquela história que conversamos um dia na boate, de gandaia, soltar a franga, sucesso com as garotas etc e tal? – provoquei.

– O que você está querendo aprontar?

– Eu? Estou só seguindo seu conselho. Vamos sair? Queria conhecer outros lugares gays da cidade.

– Com todo o prazer, querida! Resolveu sacudir a poeira, desembolorar?

– Estou firmemente decidida a cair na gandaia e testar se faço mesmo sucesso com as mulheres!

– Gostei de ver! E o Lupe?

– E o Lupe, e o Lupe, e o Lupe – falei fingindo irritação. – Vocês só sabem perguntar isso? O Lupe vai bem, obrigada! E ele não precisa saber de nada, precisa?

– Claro que não, desculpa! Quando você quer sair?

– Eu queria sair nesse final de semana prolongado, que ele vai visitar um irmão no interior de Minas e eu já tinha inventado um trabalho extra da editora. Não me diga que você vai viajar?

– Mas nem que fosse, eu desmarcaria qualquer viagem para te abrir a porta da esperança – Dinho brincou, imitando o Sílvio Santos.

– Engraçadinho! Então está combinado. Quero sair e aproveitar bastante. Onde vamos?

– Hum, vou pensar um pouco e depois te falo. Te pego na sexta à noite?

– Às dez?

– Fechado! Beijos!

Esperei a sexta-feira com muita ansiedade. Havia uma grande mistura de sentimentos tumultuando minha calma. Sentia excitação, um tanto de medo, uma pitada de culpa, uma porção de dúvidas e uma boa dose de alegria – afinal, estava indo encontrar o meu desejo.

14

– Acho que é aqui. Vamos tocar a campainha?

– Sandra, tem certeza?

– Claro! As garotas da faculdade vieram na semana passada e disseram que ela é ótima!

– Na verdade, não acredito muito nessas coisas, mas estou com um pouco de medo.

– Ah, Fernanda, deixa de bobagem! Agora já estamos aqui, vamos lá! – dizendo isso, Sandra, minha amiga da faculdade, tocou a campainha.

Uma porta abriu-se lentamente com um pequeno rangido. Um homem baixo, moreno, de unhas muito longas apareceu na nossa frente.

– Por favor, entrem – ele fez um gesto comedido, indicando a porta.

– Nós temos um horário marcado... – Sandra começou.

– Eu sei. Sentem-se um pouco, ela já irá atendê-las. Aceitam um café, ou uma água?

Respondemos quase ao mesmo tempo. Sandra pediu café. Como eu sentia que havia excitação demais em mim, pedi uma água na inocente intenção de me acalmar. A sala de espera era pouco espaçosa e muito curiosa: na penumbra, uma mistura eclética de símbolos, ícones e imagens davam o ar místico do ambiente. Um cheiro forte e bom de incenso circulava por todo o lugar, envolvendo-nos em uma leve fumaça azulada. Havia cadeiras pouco confortáveis de madeira dispostas em círculo, algumas velas acesas. Revistas populares estavam sobre as mesinhas de canto, meio rasgadas, bastante gastas pelo uso.

Além de nós, um rapaz muito magro e branco demais, com um ar sombrio no rosto, estava aguardando na saleta. Logo depois de sentarmos, a campainha tocou novamente e mais três mulheres, que deviam ser parentes, entraram e sentaram. Talvez pela atmosfera misteriosa do lugar, todos ficamos muito tempo em silêncio. Depois, as mulheres começaram a conversar aos sussurros, o que me dava uma sensação opressiva.

O homenzinho que nos recebeu apareceu e pediu ao rapaz magro que entrasse. Ele se levantou, atravessou uma cortina de tiras plásticas bem cafona e desapareceu das nossas vistas. Um barulho de porta fechando, de novo o silêncio caiu sobre nós. Fiquei folheando várias revistas à toa, sem conseguir me concentrar em nada. Sandra parecia tranqüila, fazia palavras cruzadas que trouxera na bolsa. Esperamos por mais de meia hora. O homem moreno nos chamou:

– Vocês querem entrar juntas? Ou vai uma de cada vez?

Fiquei em dúvida. Ao mesmo tempo que tinha receio de entrar só, não gostaria de ter minha vida exposta à minha revelia. O que fazer? Enquanto eu ficava titubeando, Sandra resolveu por mim:

– Vamos juntas!

Sem coragem de contrariá-la, acatei. Ultrapassamos os fiapos de plástico vermelho da cortina. Uma porta se abriu e entramos. Em um quarto iluminado apenas por muitas velas, dona Marílis nos aguardava sentada atrás de uma pequena mesa baixa, onde havia uma vareta de incenso queimando. Uma toalha de cetim vermelho cobria a mesa, onde repousavam cartas de um baralho estranho formando um monte. Ela nos indicou as cadeiras à sua frente com um gesto, sem sorrir. Sentamos e esperamos, obedientes. Ela olhou bem nos nossos olhos, profundamente. Depois voltou-se para mim lentamente e perguntou:

– Estás pronta para conhecer o teu destino?

Estremeci na hora, um arrepio gelando minha espinha e eriçando os cabelos na minha nuca. Será que eu estava?

– Onde vamos hoje, rapazes?

– Como você está descobrindo o mundo agora, minha criança, vamos levar você em dois lugares muito diferentes. Primeiro, vamos aquecer no Bar da Dani, ali em Pinheiros. É um barzinho minúsculo, mas superaconchegante. O lugar é alternativo, a freqüência é mix.

– O que quer dizer freqüência mix, Dinho?

– Homens e mulheres, não necessariamente gays, se encontram lá para beber e conversar nas mesinhas postas nas calçadas. Mas a dona não deixa nenhuma dúvida: uma bandeira do arco-íris enfeita a parede do lugar.

– Legal. E depois?

– Depois vamos a uma boate bem diferente da que fomos da outra vez. O Ipsis é uma danceteria onde vão mais mulheres do que homens, também em Pinheiros.

– Não é minha praia.

– Por que, Rê? – perguntei, curiosa.

– Acho que é um lugar meio careta.

– Mas sempre tem mulher bonita lá – Dinho completou.

– É bom mesmo, Dinho! Quero testar meu *sex-appeal* – brinquei.

Assim que chegamos ao barzinho, conseguimos uma boa mesa na calçada, porque ainda era cedo, Dinho me explicou. Me senti bem à vontade por lá, aparentemente não havia muita diferença de outros barzinhos alternativos que já freqüentara. A Dani, dona do lugar, vinha atender pessoalmente as pouquíssimas mesas. Pedimos uns petiscos muito bons, cerveja, refrigerante, e ficamos por ali papeando. Quando se aproximava da meia-noite, o lugar já estava lotado, com muita gente esperando para conseguir um cantinho para sentar. Mesmo em pé na calçada, as pessoas bebiam e conversavam animadamente. Então, levei um susto.

Duas garotas, pareciam ter minha idade ou eram um pouco mais novas, começaram a se beijar e se abraçar ali mesmo na rua, na calçada, na frente de todo mundo que passava. O mais curioso é que ninguém ligava, parece que só eu é que estava atenta à cena. Fiquei espiando de vez em quando, uma emoção forte mexendo comigo, crescendo. Pedi uma cerveja e procurei acalmar meus impulsos. Quer saber a verdade? Eu fiquei maravilhada com a ousadia das meninas. De repente me senti velha e boba perto delas. Dinho percebeu minha agitação:

– Isso te incomoda? – perguntou, referindo-se à cena do beijo.

– Não. Querem saber? – me sentia subitamente corajosa.

– Claro – Renato e Dinho falaram ao mesmo tempo.

– Isso me excita!

– Uau! Gostei de ver! – Renato comemorou.

– Quem te viu, quem te vê – Dinho provocou.

– A gente tem de crescer um dia, vocês não acham?

– Com certeza! – os dois responderam quase em coro.

Saímos de lá pouco tempo depois e fomos à Ipsis. Notei a diferença logo de cara. Ao contrário do Tunnel, a Ipsis tinha uma entrada grande, ampla, suntuosa. Entramos e dei de cara com a pista de dança, aquela hora já lotada. A animação estava no auge.

Resolvi levar a sério meu propósito de testar meu charme. Percebi que era muito olhada, o que o Renato confirmou.

– Fernanda, como você chama a atenção!

– Você acha? – aquela falsa modéstia não pegava bem, eu sabia que ele estava falando a verdade. – Vamos tomar alguma coisa, gente?

Peguei cerveja para todo mundo e chamei os meninos para dançarem comigo. Reparei que uma mulher mais velha, negra, linda e deslumbrante estava me olhando fixamente. Ela veio dançando de um jeito engraçado e chegou bem perto de mim. Quando olhei novamente para ela, fui surpreendida por um sorriso escancarado, sedutor, lindo. Fiquei totalmente fascinada, nem quis disfarçar. Ela se aproximou mais e ficamos dançando bem pertinho, uma se mostrando para a outra. Nem sabia mais onde estavam Dinho e Renato, nem queria saber.

Ela pegou minha mão e me levou para um canto onde havia uns sofás, mas não sentamos. Ela se encostou em uma coluna, me puxou para junto dela num abraço acolhedor. Apoiei minha cabeça em seu ombro e ficamos assim, aconchegadas. Ela fazia um cafuné gostoso no meu cabelo, eu sentia seu cheiro bom de mulher feita. Depois de alguns instantes, ela levantou meu rosto com os dedos e me beijou a boca, as faces, os olhos. O mundo todo girava colorido enquanto eu sentia um prazer calmo, sem rebuliços.

Um tesão sutil começou a me esquentar, aumentando à medida em que ela ia percorrendo meu corpo com as mãos. Fiquei totalmente dominada pela sua presença, pelo seu encantamento. Ela pegou minha mão de novo e me conduziu silenciosamente até o banheiro. Eu me deixava levar, excitada.

Entramos juntas na mesma cabine do banheiro e ficamos por muito tempo, como se ali fosse o melhor lugar do mundo para namorar. Ela não hesitou em pegar meus seios em suas mãos e fazer deles o que bem queria. E fez de mim o que bem quis – eu estava com tanto tesão, que não pensava, só sentia aquele desejo quente aumentando conforme ela tocava meu corpo. Eu me contorcia e gemia, mas demorei para ter a coragem de tocá-la com intimidade também.

Arrisquei passar carinhosamente minha mão sobre seus seios, enquanto beijava e mordiscava sua boca. Ela gemia e eu me sentia estimulada a ousar mais. Cheguei a abrir o zíper da sua calça e acariciar sua pele, primeiro com calma, depois com rapidez e ritmo, até sentir seu corpo vibrando de desejo. Só parei quando senti que ela estava quase para desfalecer sobre mim.

Eu, porém, não permiti que ela continuasse me enlouquecendo. Quando ela tentou colocar sua mão por dentro da minha calça e me tocar, uma lembrança súbita e violenta me paralisou. Marisa comigo no carro, Marisa gemendo. Marisa.

Saímos da cabine bastante desfeitas e foi muito difícil encarar os olhares gozadores e fingidamente irados das outras garotas que esperavam para usar o banheiro. Me senti exposta, achei aquilo tudo muito estranho, um desejo forte e arrebatador misturado com uma crueza que me perturbou muito.

Depois de nos refazermos diante do espelho – lavei o rosto e fiquei tentando disfarçar a vergonha que sentia –, fomos para um canto sossegado da boate e ficamos conversando bastante. Ela era uma pessoa inteligente e culta, mas tudo me fazia lembrar da Marisa. "Eu amo aquela garota!" – pensei, chocada. Não tinha passado, era óbvio que não! Sem conseguir me conter, acabei me abrindo com a Carla. Ela ficou triste, eu percebi, mas nem por isso me largou ali. Ao contrário, ficou por muito tempo me ouvindo, séria, compenetrada. Depois disse só uma coisa, mas que nunca vou esquecer:

– Fernanda, respeite os medos da Marisa e respeite seus sentimentos. Seu coração está totalmente ocupado por ela, ninguém vai conseguir entrar enquanto você não resolver isso dentro de você. Vá à luta, garota. Um amor desse não se pode jogar fora!

Isso me comoveu demais. Desandei a chorar e ela ainda foi nobre o suficiente para ficar ali me consolando, fazendo um carinho no meu cabelo. Ela estava procurando um amor, eu estava tentando matar meu amor. Esse desencontro só podia virar uma grande amizade.

Saímos de lá já estava quase amanhecendo. Dinho e Renato foram uns amores, esperaram pacientemente o final da minha conversa, não me interromperam, não me apressaram. Ainda bem que a noite estava animada e eles puderam se divertir também, porque senão eu iria me roer de culpa depois.

Fiquei muito mexida com as palavras de Carla, com a sua sabedoria e, principalmente, seu carinho desinteressado e altruísta. Mulher bonita, em todos os sentidos! É claro que passei o resto do final de semana torturada, lendo e relendo o poema e a carta de Marisa, olhando para o anel azul, sonhando com minha vida e a de Marisa juntas, tudo azul. Uma tristeza corrosiva me tomou e ficou em mim por vários dias.

Na semana seguinte, Lupe estranhou, as minhas amigas estranharam. Eu parecia estar amortecida, um zumbi circulando por entre caras e bocas estranhas, falas desconexas. Tudo estava desconectado em mim. Um dia, cabulei uma aula chatérrima e fui sentar sozinha debaixo de uma árvore, no gramado que circundava o prédio da faculdade. Estava confusa e triste, sem saber mais o que fazer da vida. Sandra chegou de mansinho e se sentou ao meu lado. Depois de alguns minutos em silêncio:

– Posso ajudar em alguma coisa?

– Sei, não, Sandrinha. Estou triste, mas acho que não consigo te explicar o que estou sentindo, é tudo muito confuso.

– Você não quer nem tentar?

Fiquei uns instantes em silêncio, depois comecei falar. Eu não tinha planejado nada, mas acabei falando como se tudo fosse simples. Eu me sentia muito à vontade com a Sandra e tinha muita confiança nela. Eu a julgava inteligente e aberta, sem preconceitos. Acho que foi por isso tudo que acabei contando o que realmente me afligia: não era o Lupe, não era nada além de saudade profunda, doída, da Marisa. E a incerteza bruta, dura, que acabava me atirando naquela tristeza enorme. E a impossibilidade de amar, de me entregar a outra pessoa, por mais maravilhosa que ela fosse. E o medo de não saber o que fazer com tudo aquilo.

Sandra ouviu e entendeu. Ela também não sabia o que dizer, mas sua compreensão foi um conforto enorme. Então, eu comentei:

– Sabe, eu queria ter um jeito de saber o que vai acontecer. Sei lá, na hora da aflição, dá uma vontade de ter uma bola de cristal.

– Fernanda, você me deu uma idéia! Você sabe que a Paulinha e a Suzette foram a uma vidente, ou cartomante, ou sei lá o quê, e voltaram impressionadas. Dizem que a mulher é o máximo. E se a gente fosse lá, juntas?

– Ah, sei lá, eu não acredito muito nessas coisas.

– Eu também não, quer dizer, não muito, mas acredito em tarô. Bom, agora eu é que vou te confessar uma coisa: às vezes, quando as coisas não estão bem, eu vou numa amiga que lê tarô. Sabe que ela fala umas coisas bem interessantes? Normalmente eu fico mais tranqüila. E se a gente fosse só de farra?

– Acho uma boa idéia, o que a gente tem a perder? Vamos sim!

Naquele mesmo dia, pegamos o telefone da vidente com as garotas da faculdade, marcamos hora para a tarde e fomos conhecer dona Marílis.

Dona Marílis tinha um jeito estranho de falar. Eu estava intimidada, mas assenti com a cabeça. Bem que eu queria saber meu futuro, mas aquele tom profético, aquela atmosfera mística, as velas bruxuleando à nossa volta me davam um temor inexplicável.

– Dona Marílis, eu...

– Não me digas nada, eu não vou te ouvir. Eu vou colocar as cartas na mesa, vou ler o que elas me contam sobre teu destino. Depois podes me fazer perguntas, se quiseres.

Assenti novamente com a cabeça, sem dizer mais nenhuma palavra. Para quem achava tudo bobagem como eu, devo confessar que estava impressionada. Ela pegou o baralho nas mãos, mexeu e remexeu nas cartas, mudando-as de posição dentro do monte, embaralhando-as. Passando as cartas pela fumaça do incenso duas vezes, ela fixou seu olhar no meu e começou a virar cartas, sem olhá-las. Depois de alguns instantes, havia umas doze cartas sobre a mesa com a face para cima. Ela guardou as outras em um monte e começou a ler as que ficaram viradas, agora sem olhar para mim.

– Estás confusa com o amor, muitas experiências estão perdidas. Tu não estás sabendo o que fazer.

Eu estava suscetível, claro, mas ela começou bem e eu fiquei com os olhos arregalados, a respiração suspensa, apreensiva, ouvindo atentamente.

– O rapaz que te deu o anel gosta muito de ti, mas vai ficar magoado. Ele não sabe da outra pessoa. Ele ainda não sabe.

Comecei a tremer. Credo, a mulher era bruxa! Ela fazia pausas, fechava os olhos, como se estivesse se concentrando e depois olhava novamente para as cartas.

– O teu destino está ligado ao de uma mulher morena, não tens como escapar. Ela foge, bate a cabeça, mas está escrito: vai chegar a hora em que ela não vai poder mais fugir, mas cuidado!

Ela disse isso com muita firmeza, e depois fechou os olhos e se calou. Os instantes que se passaram carregaram séculos com eles. Então, ela abriu os olhos e recomeçou:

– Cuidado com os desvios no teu caminho! Cuidado, o moço do anel vai ficar muito irritado. Ele é um homem bom, mas é muito orgulhoso. Ele não vai te perdoar, ele vai se vingar. Cuidado!

– Se tiveres coragem suficiente, se tiveres fibra, serás feliz como nunca sonhaste, a mulher de olhos negros te fará sorrir.

Depois de falar praticamente as mesmas coisas em outras palavras, dona Marílis voltou-se para mim:

– Queres saber algo mais? Tens alguma pergunta?

– Acho que não, não sei – eu estava perplexa, covarde. De repente, não queria saber mais nada.

Ela voltou-se para Sandra:

– Tu não tens perguntas, vejo em teus olhos. Vieste somente para acompanhá-la, não é?

– É isso mesmo.

– Então vocês podem sair por ali – apontou-nos outra porta, por onde saímos.

Assim que fechamos a porta, fomos interceptadas pelo homenzinho de unhas longas. Perguntamos quanto devíamos e ficamos surpresas:

– Nada. Dona Marílis disse que para você não custa nada – ele falou, olhando nos meus olhos.

Acompanhou-nos até a porta e despediu-se, dizendo qualquer coisa como boa sorte. Saí de lá meio atordoada. Que coisa louca, como aquela mulher podia saber tudo aquilo? Sandra parecia contrariada, aborrecida. Começou a falar de repente:

– Me desculpa ter feito você vir até aqui. Foi meio bobo, né?

– Ahn... – eu não queria demonstrar o quanto estava impressionada – eu achei que algumas coisas fizeram sentido. O homem do anel, a mulher de olhos negros.

– Ela falou um monte de coisas vagas, imprecisas. O que ela falou para você podia servir para um monte de gente, não?

– Para você não, por exemplo, você não ganhou nenhum anel.

– Ah, Fernanda, eu não estou usando aliança! Ela viu a sua, mandou ver. Esse pessoal é muito bom nisso, em sacar intuitivamente a gente e jogar frases enigmáticas, genéricas. Fiz você perder seu tempo.

– Nada, eu me diverti! E no final, nem gastamos nada!

– Se é assim, fico mais feliz!

– Você vai para casa? – perguntei.

– Não, vou encontrar o Marcos na Avenida Paulista, a gente vai ao cinema agora à noite.

– Quer uma carona até lá?

– Oba, quero sim! Vam'bora!

Eu pensei que a Sandra podia ter razão, mas eu tenho de confessar uma coisa: meu ceticismo sofreu um sério abalo depois daquela visita maluca à dona Marílis. Claro que ela viu minha aliança de noivado, mas não sei onde ela enxergou a mulher de olhos negros. Por isso, aquela promessa de felicidade alegrou meu dia. *Serás feliz como nunca sonhaste, a mulher de olhos negros te fará sorrir.* E eu já comecei a sorrir por conta.

De repente, me lembrei da advertência que ela fizera. O que será que Lupe poderia fazer contra mim? Convenientemente, achei naquela hora que a Sandra tinha mesmo toda a razão – era tudo bobagem!

15

Apesar de todas as advertências – de Clara e Suzi, de Carla, de dona Marílis –, eu me mantive firme em meu propósito de sair para bares e boates gays e de me aventurar na noite. A cada duas ou três semanas eu inventava algum evento de moda com o Dinho, ou um chá de cozinha de alguma amiga de colégio, para enrolar o Lupe. Conheci lugares bem interessantes, outros bem chatos, mas sempre me sentia bem, porque era muito paquerada pelas garotas.

Na penúltima sexta-feira de novembro, porém, Lupe mostrou-se profundamente irritado quando eu disse que iria sair com o Dinho.

– Olha, Fernanda, eu não estou gostando nada disso! Você vive com esse cara a tiracolo para cima e para baixo, não acho isso certo!

– Você está com ciúmes do Dinho? Não acredito! – ataquei.

– Não é ciúmes – ele ficou desconcertado.

– Lupe, você sabe que o Dinho é gay, não tem motivo para você ter ciúme dele, por favor!

– É que você tem me deixado meio de lado para sair com ele, estou me sentindo abandonado!

– Ô, Lupe – uma ponta de remorso ameaçou me incomodar –, não fala isso! Você sabe que é bobagem!

– Fica comigo hoje?

– Não dá, Lupe! O Dinho já está contando comigo, não posso deixá-lo na mão – afastei a culpa com a lembrança daquele noivado ridículo. – Hoje não dá!

– Poxa.

– Eu vou tentar não marcar mais nada tão logo, tá?

– Fica, vai?

– Lupe, não faça isso, eu não posso! A gente sai amanhã, tá?

– Você é quem sabe!

Senti um frio incômodo na barriga: aquilo estava parecendo uma ameaça velada. Mas não levei muito a sério, o tom de Lupe tinha sido muito duro e eu não estava acostumada, era só isso. Eu estava ansiosíssima para sair com o Dinho, nem me passava pela cabeça ceder àquela chantagem barata. "Amanhã a gente conversa e fica tudo bem" – pensei comigo. E não pensei mais no Lupe.

Naquele dia, eu havia combinado que iria com meu próprio carro. Entrei no carro eufórica, louca para chegar logo. O programa daquela noite era mais uma grande novidade para mim. A boate chamada Z era em plena Alameda Jaú, no coração nobre de São Paulo, apenas a duas quadras da Avenida Paulista. O mais curioso de tudo é que em frente à boate, havia vários barzinhos simples, meio botequinhos, onde o pessoal se reunia para aquecer, como o Dinho gostava de falar.

Todos os barzinhos ficavam tomados por gays e lésbicas, que se sentavam nas mesas postas na calçada e ficavam totalmente à vontade, como se estivessem em casa. Quem passava pela rua – e olha que na sexta-feira à noite o movimento ali era intenso – a pé ou de carro, via vários casais gays se beijando sem constrangimento. Um ou outro engraçadinho gritava uma bobagem de algum carro, o pessoal nem se importava.

Adorei ver aquilo tudo, cada vez mais me sentindo fortalecida, mais tranqüila e natural. Não ia demorar muito para eu resolver minha vida, eu sentia que estar amarrada ao Lupe era um freio – agora indesejável – para a realização dos meus desejos. Se eu tivesse chegado ali logo na primeira vez, talvez tivesse me assustado e voltado para minha concha. Mas depois de conhecer vários lugares, e tão diferentes, já conseguia me sentir bastante à vontade.

Achei que seria bom tomar alguma coisa. Não sei de onde veio a inspiração, mas pedi vinho branco. Antes de entrar na boate, Dinho me chamou a atenção:

– Fernanda, você hoje vai dirigir, não exagera!

– Dinho, meu querido, não se preocupe, eu conheço bem os meus limites.

– Qualquer coisa, você dorme em casa – Renato aconselhou –, é mais seguro!

– Obrigada, Rê, mas acho que não vai precisar.

– Se cuida, hein? – Dinho insistiu.

– Pode deixar, meu amigo, pode deixar! – eu sorria, porque achava gostoso ser cuidada assim.

A boate era bastante brega para o meu gosto, o ambiente não estava dos melhores. Não sei se era eu que estava tensa, mas o fato é que eu não estava me sentindo mais tão tranqüila. Como eu não estava muito habituada a beber, senti uma excitação tão forte, uma vontade de encontrar alguém, que praticamente saí à caça. Havia garotas bonitas me olhando, mas eu estava querendo mais, queria alguém que me seduzisse. Logo me deparei com uma garota muito sensual que dançava acompanhada de amigos. Senti um interesse imediato.

Ela não era bonita, tinha um rosto comum. Estava vestida de modo simples, jeans e camisa. Despojada. Usava óculos, que às vezes tirava e fingia limpar. O jeito de dançar era muito sedutor. E os seios eram lindos, insinuando-se através do decote da camisa. Ela era charmosa. E sexy.

Fui dançar não muito perto, mas queria ver e ser vista. Enquanto dançava, procurava aparentar descontração, conversando e brincando com o Renato. O olhar sempre voltado para ela. Percebi que ela me olhava de relance. Meu coração acelerou e senti tesão. Virei um pouco de lado para não dar muita bandeira. Quando me voltei, ela não estava mais lá. Decepção. Não desanimei. Discretamente, me aproximei do lugar onde ela estivera antes, o olho dando mil voltas pela pista, por todo o canto. À procura. Um par de olhos alcançou a correria dos meus. Ela me olhava e sorria. Coração disparado, excitação.

Segui meus impulsos e fui até ela. Magnética mulher, me fez tomar a iniciativa pela primeira vez na vida! Minha timidez enrolada pelo desejo que vinha crescendo. Um desejo dominador, desconhecido para mim. Olho-no-olho. “Ela me quer” – constatei eufórica. Quando me aproximei, naturalmente nossos corpos se colaram. Dança suada, molhada por todos os lados.

O corpo dela roçando o meu. A música alta. Nosso ritmo excluindo o resto do mundo. Tesão louco. O beijo quente, molhado. Desejo molhado. A língua dela brincava com a minha, safada, gostosa. Ficamos coladas num beijo longo, interminável. As mãos reconhecendo o corpo dela, os dedos dela penetrando nos meus cabelos. Ela falou ao meu ouvido:

– Você é linda!

– E você é muito sexy – ousei.

Ela suspirou, apertou mais meu corpo contra o dela, a mão brincando na minha nuca. Sentia um calor que vinha de dentro para fora, de baixo para cima. E a pele dela arrepiada, denunciando seu fogo. Ela mordiscou minha orelha, gemendo, provocante. Depois me intimou:

– Vamos sair daqui?

– Agora mesmo!

Peguei-a pela mão. Acenei para o Renato, avisando que eu estava de saída, fechamos a conta e pegamos nossas bolsas. A demora causava tédio, mas também aumentava a excitação. Sentia um frenesi, uma urgência. Me imaginava com ela nos braços, nua. Seria minha primeira vez, a primeira dose maciça de coragem. Saímos e senti uma grande alegria por respirar o ar fresco da madrugada, sufocada que estava pelo medo e pelo tesão. Fomos caminhando em direção ao meu carro, devagar, de mãos dadas, brincando alegres pelo meio da rua, às vezes parávamos um instantinho para nos beijar sem nenhum pudor.

De longe avistei meu carro, feliz por estar a caminho. Vi uma pessoa encostada na porta do motorista, de lado, olhando para onde estávamos. Não podia ser! Levei um susto, meu coração aos saltos, querendo fugir pela boca. Na mesma hora, soltei a mão dela e parei. Ainda procurei fixar o olhar, tentando encontrar no vinho um disfarce para aquela visão fantástica: Lupe, de braços cruzados, olhava para mim. Olhar cínico, mordido. Furioso. Me senti totalmente perdida. Hesitei uns instantes, mas pedi para a garota me esperar um pouco. Respirei fundo, me aproximei dele.

– Lupe, eu...

– ...

– Ahn... eu...

Lupe olhou para minha mão. Segui o olhar dele e me dei conta de que estava sem a aliança. E ele tinha visto. Sem saber o que fazer, fiquei ali, esperando um escândalo, gritos, uma cena. Ele não disse meia palavra. Eu ainda tentei um remendo sem jeito:

– Lupe, precisamos conversar. Olha...

– Já vi o bastante.

Virou as costas e foi embora, sem hesitar, sem parar, sem olhar para trás. Depois que ele virou a esquina, encostei no carro e soltei um suspiro longo, que vinha de dentro da alma. Olhei desalentada para a minha companheira. Ela já tinha entendido tudo. Perguntei se ela queria ir a algum lugar, ela me pediu que a levasse em casa, se não fosse incômodo. Fomos em silêncio, apenas quebrado pela voz rouca dela indicando o caminho. Eu estava tensa, ela estava decepcionada. Numa esquina, ela pediu para eu encostar o carro. Antes de parar, eu pedi desculpas, mas ela não respondeu. Quando ela se preparava para descer, eu disse:

– Me desculpe novamente, por favor! Meu nome é Fernanda – falei com ansiedade.

– E eu não tenho nome – ela bateu a porta do carro e sumiu na noite.

Eu fiquei ali uns instantes, perdida, chateada. Não tinha vontade de chorar, mas sentia meu estômago embrulhado, um enjôo de tudo. Fui para casa muito devagar, sem saber onde mesmo eu queria chegar. Fiquei pensando o quanto Lupe estava furioso: ele tinha me visto aos beijos com a garota, tinha visto meu dedo sem a aliança. "Droga! Agora eu estou enrolada de vez" – pensei, angustiada.

Eu não me sentia arrependida, mas aborrecida. Eu detestava esses conflitos muito intensos, não sabia direito o que fazer com a tensão, além de roer todas as unhas. Eu ia terminar tudo com o Lupe mesmo, mas não queria que fosse assim. "Perdi a razão" – pensei, chateada. E o pior era ter de esperar sabe até quando para conversar com o Lupe, me desculpar, encerrar a história, ouvir acusações e ter de engolir, humilhada.

Cada instante que passava, eu ia criando uma situação ainda mais dramática e terrificante na minha imaginação. Pensava em Lupe fazendo um escândalo. "Odeio cenas!", pensei inconformada. Pensava em Lupe chorando desconsolado, fazendo papel de vítima. Pensava em Lupe aos berros, me ofendendo. Fiquei quase sem ar. Pânico.

Minha noite foi muito longa e insone. No dia seguinte, logo cedo, liguei para o Lupe. Foi tudo muito mais simples e cru. Ele foi direto, seco e preciso:

– Não tenho nada para falar com você, Fernanda. Por favor, não me procure mais.

– Mas Lupe, a gente tem de conversar, eu preciso te explicar...

– Não tem explicação, Fernanda – ele me cortou. – Me faz um favor? Me esquece!

– Lupe, não vamos terminar assim.

– Já está tudo acabado – bateu o telefone.

Desliguei o telefone arrasada. Sem conseguir me controlar, senti as lágrimas brotando dos meus olhos e correndo silenciosas por meu rosto. Eu não estava mal por terminar com o Lupe, isso até me dava um certo alívio. A tristeza era pela forma como tudo acontecera. E o pior para o meu orgulho era eu ficar por baixo, acabar como a vilã da história, o que certamente eu não era. Eu estava me sentindo humilhada, pequena. E vazia.

Depois de um certo tempo, o choro foi parando, mais serenada minha alma. Mas aí surgiu uma preocupação nova: o que falar para os meus pais? Como explicar para eles aquele rompimento tão repentino? Como eles poderiam entender que o apaixonado Lupe tinha me abandonado de uma hora para outra? Fiquei muito angustiada, sem saber qual desfecho possível para aquela história mal acabada. E agora?

Como meus pais estavam viajando, eu tinha um tempo para tentar pensar numa desculpa minimamente convincente. O pior é que eu não conseguia imaginar nada. Fiquei me torturando durante todo o final de semana, arquitetando histórias pouco plausíveis, que descartava em seguida. Não tive coragem de contar para ninguém o que estava acontecendo, tive vergonha de pedir ajuda. Eu ainda estava nessas tentativas infrutíferas, quando eles chegaram.

"É melhor eu falar de uma vez" – pensei. Depois dos cumprimentos, ajudei-os a descarregar as malas. Meu pai logo sentou-se diante da tv para ver os resultados do futebol, minha mãe sugeriu que pedíssemos uma pizza. Eu ensaiava, ensaiava, mas na hora h, a voz não saía, sei lá, era muito difícil. Resolvi pensar numa estratégia de guerra: ataque e fuga. E foi o que fiz.

Terminado o jantar, enchi-me de coragem e comecei:

– Pai, mãe, tenho uma coisa muito importante para falar para vocês.

– O que foi, minha filha? – papai estava preocupado com meu tom sério. – Aconteceu algum problema?

– Fala logo, Fernanda! O que foi? – minha mãe era pura ansiedade.

– Bom, é que – tomei coragem e soltei num fôlego só – eu e Lupe terminamos! E é definitivo. Pronto, é isso!

Os dois ficaram alguns instantes em silêncio, incrédulos, decepcionados. Em seguida, minha mãe começou a me crivar de perguntas, uma atrás da outra. Uma rajada de metralhadora:

– O que aconteceu? Ele aprontou alguma coisa com você? Você tem certeza de que é definitivo? Estranho, vocês estavam bem. Existe mais alguém nessa história? E o...

– Pára, mãe! – cortei. – Está me deixando zonza! Não aconteceu nada, simplesmente terminamos. Agora vocês já sabem, por favor, não quero mais falar nisso!

Levantei-me bruscamente e corri para o meu quarto. Tranquei a porta e fiquei muito tempo jogada na cama, pensando. Eu ia passar maus bocados, tinha certeza. Minha mãe não ia se contentar com o que eu tinha dito, ela ia exigir explicações que eu não poderia dar. "O jeito é driblar os dois o mais possível. Depois eles vão acabar esquecendo e vão me deixar em paz, um dia."

Passei muito tempo pensando em tudo aquilo. Ser flagrada por Lupe aos beijos com uma garota cujo nome eu nem sabia tinha sido muito constrangedor. Pensei nos conselhos de Clara e percebi que novamente ela tinha razão. E para falar a verdade, aquela história de boate, beijos vazios e aventuras banais não era exatamente o que eu queria para mim. Eu tinha vivido momentos de muita emoção, tinha sido importante, mas agora queria mais.

Eu queria namorar, queria poder olhar nos olhos do meu amor e reconhecer neles meu desejo. Queria cinema, passeio de mãos dadas ao luar, ganhar flores de repente. "Eu sou romântica, não tem jeito!" – constatei. E o pior: queria que tudo isso acontecesse com a Marisa.

"Mas se ela não me quer, por que ficar dando murro em ponta de faca?" Então relembrei de nossas noites no Brahma, no carro. Vi os olhos dela novamente brilhando de paixão. Senti o corpo dela tremendo junto ao meu numa emoção violenta. "Ela me quer, acontece apenas que ela não consegue" – pensei, lembrando de repente do que Carla me falara com tanta sabedoria. E em seguida, me lembrei de dona Marílis: *Se tiveres coragem suficiente, se tiveres fibra, serás feliz como nunca sonhaste, a mulher de olhos negros te fará sorrir.*

Respirei muito fundo, recolhi do chão os cacos do meu orgulho e ergui a cabeça. Fui até o espelho, olhei bem dentro dos meus olhos e me desafiei. Agora tinha chegado a hora. Eu já tinha feito impossíveis desvios, tinha tentado enveredar por atalhos fáceis, tinha me escondido num namoro vazio. Depois de tanta voltas, eu sabia o que eu queria. E eu ia precisar mesmo de coragem, de fibra. "Agora eu sei!" – falei em voz alta – "E já está mais do que na hora de ir à luta!"

O problema é que eu ainda não tinha percebido o quanto dona Marílis tinha razão.

16

Era final de semestre na faculdade. Havia muitos trabalhos para entregar, provas finais, alguma ansiedade pelas férias. Eu encontrei o Lupe apenas na quarta-feira, mas ele nem me olhou na cara. Percebi que ele estava abatido e tenso. Os amigos comuns estranharam aquele súbito rompimento, menos a Sandra, óbvio. Foi muito esquisito ter de enrolar tanto, dizer que não tinha acontecido nada demais, que apenas tinha acabado e pronto. Eu sabia que não colava. E pior: não sabia o que ele falava para as pessoas. Todo mundo percebia que Lupe estava ferido. E eu só disfarçava.

Não tentei conversar com Lupe, sabia que ele me trataria mal e eu não estava querendo passar por mais constrangimento. Concentrei-me nos estudos, queria ter boas notas e fechar o semestre bem. Isso me ajudou bastante, o tempo passava bem mais rápido. Até meados de dezembro não pensei em nada além das matérias para estudar, textos para ler, obrigações para cumprir.

Em seguida, vieram os preparativos para o Natal. Nós passaríamos em casa com meus tios e primos. Foram dias e mais dias naquela correria: presentes, enfeites de natal, preparação da ceia. Toda aquela agitação de final de ano acabou me ajudando também, pois enquanto minha mãe se ocupava com a arrumação da festa, me dava uma trégua e deixava de lado aquele interrogatório chato sobre meu rompimento com o Lupe.

A ceia de Natal foi muito divertida. Claro que tive de agüentar a curiosidade da "Grande família", mas consegui me desvencilhar de todas as perguntas indiscretas com uma resposta padrão e um sorrisinho oco, mas gentil. Tirando isto, a animação foi grande.

No dia 25, depois de almoçar só com meus pais, fui até a casa de Clara e Suzi levar o presente da Luana.

– Luana! – Suzi chamou delicadamente. – Sua dinda está aqui, corra para dar um beijo nela!

– Oi, tia Fernanda! – Luana veio em minha direção toda sorridente e dengosa. Eu abaixei para pegá-la no colo, ela me abraçou e me deu um beijo ruidoso e melado.

– O Papai Noel pediu para eu entregar esse presente para você! – estiquei-lhe o embrulho, que ela apanhou e começou a abrir. Os olhinhos arregalados mostravam a felicidade da menina ao ver surgir uma enorme boneca de pano de dentro do pacote.

– Gostou? – perguntei ansiosa, típica madrinha de primeira viagem.

– É linda! Legal! – beijei-a na bochecha e deixei-a no chão. Ela correu para seu cantinho de brinquedos e começou a brincar com a boneca imediatamente.

Eu, Clara e Suzi fomos para a sala de estar. Suzi trouxe frutas secas e refrigerantes. Começamos a papear. Coloquei-as em dia com as fofocas sobre o Lupe e tive de aturar muita gozação delas naquele indisfarçável tom de "Eu bem que avisei". Como eu estava com bom astral, nem me incomodei, achei graça.

Estávamos nessa conversa amena, divertida, quando o telefone tocou. Clara atendeu e fez uma cara muito séria. Imediatamente, eu e Suzi ficamos em silêncio, atentas.

– Incômodo nenhum, imagina. Eu vou chamar. Um abraço.

Cobrindo o bocal do telefone, Clara olhou para mim com uma cara preocupada e falou bem baixinho:

– É sua mãe, Fernanda. Ela está muito séria.

– Minha mãe? Mas o que será que aconteceu?

Corri para atender, preocupadíssima. Peguei o telefone ansiosa:

– Mãe? O que foi?

– Venha já para casa, Fernanda.

– O quê? Por que isso agora?

– Venha já para casa, não discuta comigo. Precisamos ter uma conversa muito séria, mocinha!

– Mãe, o que aconteceu? Não estou entendendo nada.

– O Lupe esteve aqui.

– O quê? – gritei, chocada – Ai, meu Deus!

Desliguei o telefone e já comecei a sentir meu estômago revirado. Com grande angústia e ansiedade, me despedi de Clara, Suzi e Luana. Ao ver a expressão de preocupação no rosto das minhas amigas, imaginei a cara que eu devia estar fazendo, pois elas estavam pálidas demais. E, como eu, elas estavam também muito espantadas.

O caminho da volta foi longo e torturante. Eu sentia minhas mãos úmidas escorregando no volante, minha cabeça dando giros sem parar. O que Lupe fora fazer em casa, eu não podia imaginar. Não era coisa boa, para minha mãe chegar ao ponto de me procurar em casa de amigos, coisa que ela nunca fizera. As palavras de dona Marílis ecoavam dentro da minha cabeça: *ele não vai te perdoar, ele vai se vingar. Cuidado!* A tensão enrijeceu todos meus músculos. Quando cheguei em Santana, meu corpo doía quase tanto quanto minha alma. E aquele frio na barriga.

Entrei em casa com o coração batendo tão forte que eu sentia as pancadas ressoando em meus ouvidos. Abri a porta bem devagar, mas logo me deparei com minha mãe aos prantos e meu pai com uma cara de poucos amigos. "A coisa está feia" – pensei. Mas fui pega tão de surpresa, que não conseguia articular uma boa defesa.

– Mãe? O que aconteceu? Por que você está chorando?

– Como você pôde, minha filha? Como você pôde? – ela sacudia a cabeça de um lado para o outro, inconformada.

– Como eu pude o quê? – eu perguntava para ganhar tempo, mas eu já sabia.

– O Lupe veio aqui, ele me contou tudo – o choro aumentando.

– O que o Lupe veio fazer aqui? Contou o quê, mãe?

– O motivo de vocês terminarem o noivado – ela derramava um choro convulsivo, incontrolável.

De repente, meu pai, que estava calado e sério, deu um passo em minha direção, o rosto todo vermelho, e gritou:

– Você estava beijando uma mulher! O que você tem na cabeça?

O tom indignado dele e o choro exagerado da minha mãe tiveram um efeito inesperado sobre mim. Ao invés de me retrair, reagi com coragem. Profundamente irritada, revidei, descontrolada:

– Você não grita comigo! Eu estava beijando uma mulher, sim! É isso que vocês queriam saber? Eu gosto de mulher! É isso, acabou! – depois de uma pausa, continuei em tom mais baixo, mas ainda irritado. – E o Lupe tinha de cuidar da vida dele, não vir aqui fazer intriga. Eu queria contar para vocês na hora certa, do jeito certo.

– Ele gosta de nós, veio nos alertar.

– Alertar? – eu estava indignada. – Ele veio é jogar vocês contra mim, isso sim!

– Agora basta! – minha mãe exclamou com um olhar vidrado. – Chega desta bobagem! Você não gosta do Lupe, tudo bem! Mas pára com essa bobagem, onde já se viu, você beijando uma mulher!

– Mãe, isso não é bobagem! Eu não posso fazer nada!

– Você é inteligente, bonita, pode ter o rapaz que quiser. Pára com essa palhaçada, Fernanda!

– Mãe, você está me ofendendo.

– E você? O que você fez conosco? Estou tão decepcionada! Eu nunca podia esperar uma coisa dessa de você!

– Mas o que é isso? Vocês estão fazendo drama à toa!

– Fernanda, vamos deixar as coisas bem claras: se você quiser continuar aqui, vai ter de parar com... com... isso. Você foi longe demais!

– Está tudo muito claro, mãe, pode deixar!

Subi como uma louca para o meu quarto, fui abrindo as portas do armário, abrindo gavetas. Joguei uma mochila em cima da cama e fui enfiando nela minhas roupas, objetos pessoais, sapatos. Numa maleta, joguei livros e cds, documentos e papéis. Peguei minha bolsa e minhas coisas, saí pisando duro, batendo porta. Ainda ouvi minha mãe gritando:

– Fernanda, deixa de ser teimosa, você perdeu o juízo!

O motor do carro funcionando impediu que outras palavras chegassem até mim. Eu estava inconformada. O que mais me doía era a contradição. Era como um abandono. Meus pais nunca foram preconceituosos, sempre me amaram incondicionalmente. Onde estava o sentido daquilo tudo? E o Lupe? *Ele não vai te perdoar, ele vai se vingar. Cuidado!* Uma raiva surda tomou conta de mim. Que vingança barata, que joguinho sujo! Eu estava furiosa. E arrasada.

Rodei um tempão sem rumo, às cegas, até gastar meu nervosismo. Depois, fui recuperando a sanidade e comecei a me acalmar. Parei em um bar, tomei uma coca-cola e consegui respirar. Liguei para Clara, Suzi atendeu.

– Suzi, é a Fernanda.

– Fernanda, como você está? Ficamos muito preocupadas.

– Ai, Suzi, a coisa ficou feia! Saí de casa de mala e cuia!

– O quê? Então o negócio foi bravo mesmo! Você tem para onde ir?

– Não, ainda não pensei nisso.

– Então vem para cá, você pode ficar com a gente pelo tempo que precisar.

– Obrigada, Suzi! Você é um anjo! Estou indo já para aí.

– Está bem, estamos te esperando.

Nunca tinha tido um Natal tão louco. Mas no caminho para casa de Clara e Suzi, fiquei pensando, já bem mais calma, que era um dia bem propício para o que estava me acontecendo. Natal é nascimento e, mesmo com todo aquele tumulto, eu me sentia nascendo. O casulo tinha sido rompido à força, mas o vôo podia ser grandioso, belo. Cheguei na Aclimação quase feliz, porque sentia que pela primeira vez eu tinha tomado uma atitude coerente. E corajosa.

Antes de tocar a campainha, fiquei uns instantes apreensiva. Imaginei que Clara iria me repreender, me aconselhar a voltar para casa. Eu não queria ouvir isso. Com o coração aflito, entrei na casa de onde eu praticamente acabara de sair, mas agora já me sentindo uma outra pessoa.

Para minha gratíssima surpresa, Clara e Suzi me apoiaram totalmente. E mais, me elogiaram muito. Fiquei perplexa. Essa Clara sempre me surpreendia.

– Fernanda, isso é dignidade! Você está coberta de razão! – Clara se empolgava.

– Olha, eu sinto um orgulho enorme de você! – Suzi quase eufórica.

– Nossa, não esperava esta reação de vocês, pensei que vocês iam me repreender.

– De jeito nenhum! Você está fazendo a coisa certa. Se você abaixasse a cabeça agora, nunca mais ia ter direito de ser você mesma.

– Você está tomando uma atitude corajosa e dura, mas correta. Eles vão ter de pensar no que fizeram e vão reconsiderar. Você vai voltar para junto deles fortalecida, de cabeça erguida.

– É, mas se eles não reconsiderarem? – subitamente me apavorei. – Eles são tudo o que tenho.

– Eles te amam, Fernanda. E você também é tudo o que eles têm! Eles vão te receber, e bem!

– Será?

– Tenha paciência, tenha muita paciência e dê tempo ao tempo. Você vai ver como tudo vai se ajeitar – Clara falou de um jeito tão seguro, que me convenceu.

– Enquanto isso, você fica aqui com a gente. Vamos ajeitar suas coisas no quarto da Luana, é espaçoso e ainda tem um armário vazio – Suzi completou.

– Mas será que não vai ser incômodo para ela? – perguntei aflita.

– Que nada, ela vai adorar! Quer ver? – disse isso e chamou Luana.

– Lu, a dinda vai passar uns tempos aqui conosco...

– Oba! – Luana nem deixou Suzi terminar.

– Ela quer saber se pode dormir no seu quarto... você empresta o armário azul para ela?

– No meu quarto, tia Fê? Que legal! Eu deixo você brincar com a Biluca, tá?

– Você pode levar sua dinda lá e mostrar onde ela vai guardar as coisas? – Suzi perguntou.

– Vem, tia – ela pegou minha mão com uma firmeza surpreendente para o pouco tamanho de sua mãozinha e foi me puxando até chegarmos ao seu quarto.

Foi com uma confusão de sentimentos contraditórios que fui arrumando minhas coisas no armário que Luana me indicou. Ao mesmo tempo em que sentia que eu estava dando um passo importante, maduro, também sofria ao lembrar da tristeza dos meus pais. Nesses momentos, uma saudade antecipada me cortava o coração e as palavras de conforto de Clara ganhavam um tom um tanto irreal.

Dúvidas, milhões de dúvidas me assaltavam, apertavam meu coração. Será que eu não havia sido apenas impulsiva? Será que meus pais iriam me receber de volta? E se eles deixassem de me amar? E se eles estivessem sofrendo tanto que nunca mais quisessem me ver?

Ao mesmo tempo, eu respirava melhor, me sentindo mais leve. Eu andava muito enjoada daquele monte de mentira, daquela vida cheia de emoções interrompidas, do cinismo com que havia encarado aquele noivado medíocre. Eu estava com medo agora. Mas me sentia livre. Muito mais livre! Aquele Natal foi o meu natal!

O trabalho de conter minha ansiedade foi grande. Na manhã seguinte, já sentia um desejo louco de ligar para minha casa, falar com a minha mãe, resolver tudo num passe de mágica. Foi Clara novamente quem me acudiu:

– Fernanda, é cedo ainda. Assim você nem deu tempo para eles sentirem sua falta. Você se arrependeu?

– De jeito nenhum! Mas eu não suporto esse conflito, Clara. Eu quero resolver logo, só sei viver em paz!

– Então agüente mais uns dias. Quem sabe eles não te procuram antes, seria até bem legal, né?

– Ô!

– Mas se você ligar já, nunca vai saber.

– Você tem razão, vou esperar, mas é tão duro!

– Eu imagino, minha querida, eu imagino!

Fiquei ansiosa, na expectativa. Cada vez que o telefone tocava, meu coração dava saltos mortais. O pior de tudo é que eu estava em férias da faculdade, a editora estava em férias coletivas e eu tinha todo o tempo do mundo para ficar apenas remoendo. Suzi me salvou dessa armadilha, me convidando para ajudá-la na escolinha. Nesta época de recesso, elas limpavam, arrumavam e pintavam tudo, preparando o ambiente para receber bem os alunos no ano novo.

Eu trabalhava duro, sem parar, tentando limpar minha alma daquelas tristezas todas. E da ansiedade brutal que me roía os nervos. Clara havia errado: eles não me procuraram. Esperei até o ano novo. No dia 31, Clara e Suzi fizeram uma festa para comemorar a passagem do ano com os amigos. Eu estava triste, ensimesmada. Tinha saudade, sentia um pouco de culpa, mas não remorso. Pelo menos uma coisa me consolava: apesar de tudo, eu fizera a coisa certa. Depois de pensar muito, decidi que ligaria para meus pais no primeiro dia do ano. Eu teria uma boa desculpa, e não soaria como recuo. Essa decisão me deu um certo alívio, daí consegui relaxar um pouco para receber bem o ano novo que começava. Vida nova?

Quando acordei, já passava de meio-dia. Luana já não estava no quarto, então abri a janela. Um sol lindo enfeitava o primeiro dia do ano. Considerei isso como um bom sinal. Tomei um banho quente e demorado. Desci até a cozinha e me lembrei de que estava sozinha, Clara e Suzi tinham saído com Luana para fazer algumas visitas. Tomei um café forte, andei à toa pela casa. Respirei fundo e decidi enfrentar meu medo. Peguei o telefone e disquei bem devagar. Do outro lado, a voz séria do meu pai:

– Alô?

– Pai? Feliz ano novo!

– Feliz ano novo, filha! Tudo bem com você? – eu sempre ficava meio chocada com esse jeito distante do meu pai. Ele estava me tratando normalmente, como se eu estivesse apenas viajando de férias!

– Tudo, pai. A mãe taí? Posso falar com ela? – como sempre, eu escapava rapidamente desse contato tão superficial que me parecia quase frio.

– Está sim, vou chamar.

– Mãe? Feliz ano novo! – falei emocionada.

– Feliz ano novo, minha filha! – sua voz delatava uma forte comoção.

– Mãe, estou ligando para a gente começar bem o ano. Vamos conversar?

– Claro, Fernanda. Você vai voltar para casa? Tomou juízo? Vai parar com... com essas... tolices?

– Mãe! Não são tolices, eu não posso mudar o que sinto. Você quer que eu finja, que eu seja falsa? Infeliz?

Ela foi dura, quase cruel:

– Então não temos nada para conversar, Fernanda! Não enquanto você não acabar com essa palhaçada – e desligou o telefone.

Fiquei arrasada, sem saber que atitude tomar. Sentei no jardim, toda encolhida, abraçada aos meus joelhos. As lágrimas corriam pelo meu rosto sem parar, eu soluçava baixinho, triste demais. Eu pensava que seria mais tranqüilo, que rapidamente iríamos nos reencontrar aos prantos, mas felizes pela reconciliação. Romântica. Incuravelmente romântica. Lembrei-me dos conselhos de Clara. A paciência era agora uma virtude difícil, mas absolutamente necessária. Até mesmo porque não havia outra alternativa, já que eu não queria voltar atrás. Isso nunca!

Dei um tempo, deixei a dor esfriar. Suportei a ansiedade nem sei como. Liguei de novo para minha mãe na semana seguinte, mas foi a mesma coisa. Eu estava demonstrando minha boa vontade, mas ela sempre insistia no mesmo ponto. Teimosa, me parecia que ela apenas não queria dar o braço a torcer. Irritei-me, mas depois de desligar o telefone, pensei que devia ser difícil para eles também.

Resolvi continuar tentando, mas minha mãe começou a se tornar agressiva, dizendo grosserias impensadas. Meu sangue subia, minha irritação atingia níveis insuportáveis, mas eu buscava me controlar, permanecer calma, pois eu não queria perder a razão. Desta vez não. Clara e Suzi me consolavam, me ajudavam a suportar o peso daquela batalha desgastante.

Demorei mais para tentar novamente, eu senti que tinha de me poupar e também cortar o cordão umbilical. Talvez eu precisasse de bem mais tempo do que imaginava, talvez eu nunca conseguisse. Às vezes, me dava um desânimo, uma vontade de desistir, de nunca mais ligar. Então Suzi falava:

– Fernanda, você tem de fazer a sua parte. Faça o que você acha certo e não desista. Você vai ver que seu esforço ainda vai ser recompensado.

Eu acreditava nisso, ou pelo menos queria acreditar, mas tenho de confessar que uma enorme tristeza era a minha companheira mais constante. Tempos difíceis. Aprendia muito sobre mim, mas sofria demais. Eu ligava para minha mãe com o coração já pesado, tentando armar um escudo para me proteger daquela dor. Ela fazia um jogo muito duro, invariavelmente atendia os meus telefonemas me humilhando, desrespeitosa.

Até que um dia, num domingo no final de abril, minha mãe passou dos meus limites e eu estourei. Depois que ela bateu o telefone na minha cara, peguei o carro e fui até a casa dela. Toquei ansiosamente a campainha. Meu pai não estava e minha mãe não teve coragem de me deixar na rua, temendo algum escândalo. Abriu a porta, mas me virou as costas, cara feia, amarrada. Eu parti para o ataque, cheia de coragem:

– Você vai me ouvir agora! – falei num tom impositivo.

Impressionada com minha segurança, ela deixou-se cair na poltrona e esperou.

– Eu estou chocada, mãe! Não foi assim que você me educou. Você sempre disse que o respeito está acima de tudo! Você está me humilhando sistematicamente, eu não tenho de tolerar mais isso – tomei fôlego e continuei. – Eu sou assim, mãe, você não pode mudar isso.

– ...

Esperei um pouco. Como ela não falasse nada, continuei:

– Não vou abrir mão da minha felicidade porque você está cultivando esse preconceito bobo, que nem combina com a formação que você me deu! Você tem duas escolhas, mãe: me aceitar como eu sou ou me perder para sempre. O que você prefere?

– ...

– Eu te amo, mãe, e vou continuar te amando sempre, aconteça o que acontecer! – apelei.

Ela começou a chorar baixinho, cabeça baixa, mãos nervosas. Fiquei condoída, percebi o quanto tudo aquilo estava sendo duro para ela.

– Mãe, eu sei que é difícil, eu sei que você gostaria que fosse diferente, mas eu sou feliz assim, acredite em mim. Eu sei que você também me ama, isso não pode fazer diferença no nosso amor, pode?

– Eu te amo, minha filha, você sabe que eu te amo.

Ela então me puxou para perto de si, me deu um abraço muito forte, enquanto soluçava.

– Eu só preciso de tempo, minha filha, me dá um tempo.

– Está bom, mãe – eu chorava desesperadamente. – Eu espero.

Voltei para a casa de Clara muito emocionada e sentindo que havia retirado um peso enorme da minha alma. Agora eu sabia – tinha certeza – que era apenas uma questão de tempo e que, por mais difícil que fosse a situação, minha mãe não deixaria de me amar e não me abandonaria. Uma alegria quase infantil tomou conta de mim. Pela segunda vez, tive a sensação, ao cruzar a soleira da porta da casa de Clara, de que eu havia mudado muito, era uma nova pessoa. E agora eu podia esperar!

17

– Dinho, me dá um cigarro!

– Mas você não fuma, Fernanda!

– É que eu estou superansiosa – expliquei, pegando um cigarro do maço que ele me estendera.

– Calma, minha amiga, vai dar tudo certo! – ele tentava me acalmar.

– Será que ela vem? – meu nível de ansiedade tinha atingido grau máximo – E se ela não vier?

– Eu acho que ela vem – Renato palpitou. – Ainda é cedo, espera mais um pouco!

– Que cedo? São quase dez!

– Que horas você marcou com ela?

– Eu falei para ela vir a partir de nove e meia.

– Ah, Fernanda, me poupa, vai! Nem meia hora! Sossega o facho aí e espera um pouco. Olha, a Clara está chegando com a Suzi – Dinho apontou para a entrada do bar.

– Oi, Fernanda! Parabéns! – Suzi me beijava, sorridente.

– Feliz aniversário, querida! – Clara me cumprimentava com um forte abraço – Que bom ver você tão bem!

– É porque você ainda não viu as unhas dela – Dinho provocou.

– Como assim? – Clara estava curiosa. – Não entendi!

– Ela roeu tudinho! Ansiedade aqui é brincadeira! – Dinho completou, rindo.

– *Ela* ainda não apareceu? – Suzi perguntou.

– Ainda não, Suzi, estou tão nervosa!

Expectativa. Tentei relaxar, mas estava difícil. Apaguei o cigarro e fiz um enorme esforço para participar da conversa descontraidamente, mas no fundo eu continuava uma pilha de nervos. Estava agitada, não conseguia parar quieta. Pedi licença para ir ao banheiro tentar me recompor. Quando eu estava voltando para a mesa, meu olhar percorreu ansioso o ambiente.

De repente, uma pancada violenta no meu peito. Meu coração disparou, as pernas tremeram, senti meu corpo arquear como que se preparasse para um desmaio. Respirei fundo, tentando recobrar a serenidade. Dois olhos negros, brilhantes e sorridentes, vinham em minha direção. Era ela!

Marisa tinha vindo me cumprimentar pelo meu aniversário.

Num sábado quase no final de maio, o telefone tocou logo cedo, era para mim. Eu ainda estava dormindo, mas Suzi foi me acordar com muita delicadeza.

– Fernanda, acorda!

– Humm...

– Acorda, querida, acorda! – ela tocava gentilmente em meu ombro.

– Que horas são, Suzi? Estou com sono! – resmunguei, com mal humor.

– Telefone para você.

– Para mim? Diga que eu ligo mais tarde!

– É sua mãe.

Como se Suzi tivesse pronunciado palavras mágicas, o sono e todo mal humor desapareceram de repente. Saltei da cama e corri para atender.

– Alô? Mãe?

– Oi, Fernanda, tudo bem? – ela parecia tensa.

– Que bom que você ligou!

– Eu... eu... queria que você viesse almoçar comigo hoje, você pode?

– Claro, mãe! Que horas? – respondi exultante.

– A hora que você quiser, filha! E... Ahn... eu...

– Fala, mãe, o que foi? – fiquei subitamente apreensiva.

– Você não quer trazer suas coisas – ela arriscou, temerosa – e voltar para casa? O que você acha?

– Acho maravilhoso! Mas eu não vou mudar, você sabe, né? – perguntei um tanto preocupada. – Quais são suas condições?

– Sem condições, Fernanda. Você é maior de idade e sabe o que faz da sua vida. Fiquei pensando muito em tudo o que você me falou e acho que você tem razão. Você tem toda razão. Eu não vou dizer que vai ser fácil, mas você é minha filha, não posso virar as costas para você.

– Mãe! Você é o máximo! Mas... e o pai? O que ele acha disso?

– Eu contei tudo o que conversamos para o seu pai, ele concordou comigo. Ele também está ansioso pela sua volta!

– Tem certeza, mãe? Eu nunca sei direito o que ele está sentindo de verdade! – desabafei.

– Espera um pouquinho – ela pediu.

– Filha? – era meu pai ao telefone. – Volte para casa, a gente está com saudade!

– Está bem, pai, vou voltar – falei emocionada. – Eu também estou com muita saudade, você não imagina quanto!

– Olha, sua mãe quer falar de novo com você, tá? Estamos te esperando.

– Filha – minha mãe estava toda carinhosa –, eu achei péssimo o modo como te tratei todo esse tempo. Você acha que pode me desculpar?

– Já desculpei, mãe! E já esqueci tudinho, tá? Estou voltando para casa hoje!

– Eu estou te esperando!

– Mãe, esse é o melhor presente de aniversário que você me deu em toda a minha vida! Obrigada!

– O melhor é que nós vamos comemorar juntas, aqui em casa, sua casa! Vem logo!

– Estou iiiindooo! – encompridei a palavra e a felicidade.

Desliguei o telefone e comecei a pular pela casa. Coloquei um cd do R.E.M. que era da Clara. Tinha uma música chamada *Shiny happy people* que sempre me dava vontade de dançar. Pus o som no último e fiquei dançando como uma maluca. Eu pulava no sofá, subia na mesa, corria para o quintal, rodava em volta do jardim.

Cantando, rindo, feliz da vida! Quando o ataque de alegria passou, reparei em Suzi e Clara me olhando da porta da cozinha, sorriso aberto, compartilhando da minha felicidade.

– Clara, Suzi, minha mãe ligou! Eu estou voltando para casa hoje! Sem condições! Ela me chamou de volta!

Corri até elas e estalei dois beijos bem barulhentos nas bochechas de cada uma. Elas me abraçavam e riam, quase tão felizes quanto eu.

– Clara, você estava certa! Você é um gênio! Gênio!!

– É só bom senso, Fernanda – ela falou com evidente falsa modéstia. – É só bom senso! Estou muito feliz por você! Nós somos testemunhas de que não foi fácil, mas você conseguiu, fez uma grande conquista!

– Eu estou orgulhosa! – Suzi completou. – Parabéns, garota!

Corri para o quarto toda contente para arrumar minhas coisas. Na hora de ir embora, me despedi das três com lágrimas nos olhos. Emocionada, ensaiei um pequeno discurso, mas eu só conseguia agradecer.

– Obrigada de novo pela acolhida, pelos conselhos, pelo ombro amigo, por tudo! Vocês foram sensacionais, amigas mesmo! Eu não teria conseguido nada sem a ajuda de vocês. Obrigada, do fundo do meu coração, obrigada!

– Você merece! – as duas responderam juntas.

Cheguei em Santana com um sorriso imenso esticado no rosto. Minha mãe estava na porta me esperando, ansiosa, feliz. Desci do carro e ela já estava ali, do meu lado, me envolvendo num abraço terno, acolhedor. Se eu tivesse qualquer dúvida sobre as intenções dela, teria acabado naquele instante. Senti que ela estava totalmente desarmada, preparada para me receber amorosamente. Entrei em casa com o coração dando saltos de alegria, uma bateria nota dez de escola de samba tocando no meu peito. Minha casa. Agora eu sabia que eu tinha meu lugar. Em casa e no mundo.

Durante aquele período sombrio de exílio, eu tinha ficado tão envolvida pela queda de braço com minha mãe, que não sobrara energia suficiente para cuidar da minha vida amorosa. Eu jamais havia deixado de pensar em Marisa. Meu coração tinha andando tão cheio de dor, porém, que a lembrança dela tinha sido um pálido consolo, mas não chegara a despertar em mim a coragem suficiente para agir.

Agora já era diferente. Enquanto eu ajeitava novamente minhas roupas e pertences no meu quarto, fui sentindo aquele desejo de conquistá-la chegando de mansinho. Nada como se sentir amada e acolhida para fazer renascer a coragem para ir em busca do meu desejo.

Eu comecei a alimentar novamente meu sonho, acalentando carinhosamente a esperança de ser feliz com a Marisa. Depois de alguns dias, já me sentia em fase de preparação, quase pronta para ir em busca dos olhos negros que me fariam feliz. Faltava só um pouquinho mais de sangue-frio. E a estratégia, que eu ainda não tinha armado. Numa reuniãozinha entre amigos, todos tentavam me ajudar:

– Por que você não manda flores? – Clara sugeriu.

– Ah, não, Clara! É muito distante.

– Então você podia escrever páginas e páginas de "eu te amo" e entregar para ela. Já pensou a cara dela quando abrisse o envelope? – Clara tentou novamente.

– Ah, é meio manjado isso – Dinho torceu o nariz, numa careta engraçadíssima.

– Manjado e brega, né, Clara? – Suzi teve coragem de falar o que eu também sentia.

– Poxa, hoje sua criatividade está a zero, hein, Clara? – reclamei brincando.

– E sua exigência está a mil – Clara deu o troco, rindo.

– Se eu fosse você, convidava Marisa para jantar. Preparava um jantar bem romântico, só com comidas afrodisíacas, luz de velas, é infalível! – Renato se entusiasmava.

– Ah, safado! Foi assim que você me fisgou, hein? Seguiu a receitinha da vovó? – Dinho provocou, todos rimos.

– Hum... não sei, Rê, mas já está melhorando o nível – brinquei.

– Pois eu tive uma idéia – Suzi começou, misteriosa, com um brilho malicioso no olhar. – É um plano um tanto complexo, mas...

– Fala logo, Suzi! – todo mundo pediu quase ao mesmo tempo.

– Você acha que ela gosta de você, não? – Suzi me perguntou.

– Achar, eu acho, mas não sei se é puro delírio meu.

– Bom, vamos partir do princípio de que não é só uma fantasia sua, que você está certa. Por que você acha que ela foge?

– Ah, porque eu sou mulher! Ela tem uma formação muito careta, é muito religiosa, sei lá, Suzi! Acho que é preconceito, mas ela nem se dá conta direito disso. Faz sentido o que estou falando?

– Faz todo o sentido, mas tem uma coisa a mais que você não pensou.

Todos estavam compenetrados, acompanhando tão atentamente o raciocínio de Suzi, que o silêncio era impressionante. Apenas se ouvia a respiração das pessoas, clima denso de suspense no ar. Suzi continuou:

– No meu modo de ver, se não estiver muito enganada...

– Ai, Suzi, não enrola, fala logo! – Clara cortou.

– Tá, tá! Que tal tentar despertar o ciúme dela? Ela nunca te viu com outra garota, viu?

– Não, nunca! Mas como seria? – perguntei ansiosa, nascendo um fiozinho de esperança em mim.

– Não sei bem, mas você podia armar uma situação em que a Marisa te visse aos beijos com outra mulher, talvez ela se sinta insegura, com medo de te perder.

– Boa idéia! – Dinho exclamou, e completou: – Conhecendo a Marisa como eu conheço, acho que poderia funcionar sim! Se ela estiver apenas fugindo, acho que isso pode mesmo funcionar!

– Eu não sei – eu estava muito confusa, sentia que podia dar certo, mas estava com medo de me decepcionar.

– O que você tem a perder? – Clara perguntou.

Fiquei alguns instantes muito pensativa. Enquanto isso, a expectativa geral foi crescendo. Pensei bastante. Podia não dar nada certo, mas podia funcionar. Se não tentasse, como eu poderia saber?

– Acho que não tenho nada a perder, só a ilusão – falei meio filosófica.

– Pois é, mas se você não tentar, vai viver só de ilusão? Até quando? – Renato cutucou.

– Se você tentar, pode conseguir ou não. Mas se você não tentar, já sabe que não vai conseguir, né? – Dinho explicava.

– Ok, vocês venceram! Vamos tentar! – falei pomposamente, brincando com a tensão do grupo.

– Legal! – todos exultaram.

– Agora vocês têm de me ajudar! Como vai ser? – cobrei.

– Primeiro você tem de criar uma oportunidade – Clara começou.

– Mas claro, Fernanda! Seu aniversário é na semana que vem! É perfeito! – Dinho sugeriu radiante.

– É mesmo! Já tive uma idéia: vou fazer uma reunião em um barzinho. Ligo para ela convidando. E providencio uma pessoa para se fazer passar por minha namorada ou coisa parecida.

– Boa! Mas ela tem de ser discreta, não pode espantar nossa caça.

– Ai, Rê, que jeito de falar! – reclamei, rindo.

– Mas não é verdade? – ele perguntou todo sem jeito.

– Quem poderia ser? A Rosa? – Suzi perguntou.

– Não, Suzi. A Rosa não, ela não seria nada discreta, você conhece bem nossa amiga – Clara falou.

– Pois eu acho que tenho a pessoa certa! – falei, empolgada. – A Sandra, da faculdade.

– Ela não é "hétera"? – Dinho perguntou, brincando. – Será que ela topa?

– Não sei, mas tenho de tentar, se não tentar, blá, blá, blá... – imitei o jeito do Dinho falar e todos riram.

– Sua boba! – ele fingiu estar bravo. – Não me peça mais conselho, hein?

– Ai, como ele está suscetível – brinquei. – Deixa eu dar um jeito nisso! – E fui enchendo o Dinho de beijinhos estalados, enquanto ele sorria zombeteiro.

– Está melhorando, pode ser que eu reconsidere minha posição depois de uns mil beijos destes.

Ficamos ainda um tempo naquela conversa, pois todo mundo tinha de dar seu palpite. Saí daquele encontro com a cabeça a mil. A idéia me parecia realmente boa, eu estava bastante empolgada, mas também tinha receio de que o tiro saísse pela culatra. No entanto, eu sentia que estava mais do que na hora na hora de arriscar alguma coisa, como dizia a música da Marina Lima: "te ganhar ou perder, sem engano". Sem engano.

Durante aquela semana, fiquei completamente tomada por uma ansiedade gostosa. Conversei com a Sandra, ela topou sem hesitar. Marquei data, hora e local para a comemoração do meu aniversário, liguei para os amigos. Enrolei um pouquinho para ligar para Marisa, mas não podia vacilar, senão poria tudo a perder. A festa seria no sábado à noite num barzinho *straight* – como o Dinho chamava os lugares que não são gls – para não despertar suspeitas. Consegui ligar para Marisa apenas na quarta-feira, mas a reação dela ao me atender encheu meu coração de esperança.

– Alô, Marisa? É a Fernanda.

– Nanda! – como eu gostava que ela me chamasse daquele jeito! – Que bom te ouvir de novo. Quanto tempo. Estou com saudade!

Seu tom de voz era doce e mexeu muito comigo. Quase me entreguei, porque minha vontade era de ir dizendo logo que não podia mais viver sem ela etc e tal, mas consegui controlar meu impulso, deixando-a perceber que minha saudade era grande, mas não era desesperadora. Já falei que sou boa atriz, não?

– Também estou com saudade. Mas estou ligando para ver se a gente consegue se encontrar nessa semana, é meu aniversário!

– Vai ter festa?

– Vou fazer uma comemoração em um barzinho na Vila Madalena, na região do agito alternativo – brinquei – e queria que você fosse. É neste sábado agora, a partir de nove e meia. Você pode?

– Claro! Estarei lá!

Depois da nossa conversa, não soube mais o que era tranqüilidade. Eu precisei de muito esforço para não me deixar tomar pela empolgação. "Quanto maior o sonho, maior a queda" – eu pensava, pessimista, para não esperar demais. Claro que, quando o dia chegou, minha expectativa já estava nas alturas, a ansiedade estava quase me explodindo. E não tinha mais nenhuma unha sem roer!

Marisa vinha caminhando em minha direção, desviando das mesas e dos garçons, com um sorriso de meio quilômetro estampado na cara. Eu sentia um calor gostoso percorrendo todo meu corpo, ao mesmo tempo em que um frio se instalava na minha barriga. Do contraste, resultou uma onda de calafrios e um batimento cardíaco tão acelerado, que me dava a sensação de que meu peito ia rebentar. Ela chegou junto de mim, me cumprimentou com um beijo no rosto, e com um abraço forte e demorado. Eu me deixei ficar, meio esquecida do plano, das pessoas e de que existia algo mais além de mim e Marisa. Mas Sandra se mostrou excelente no *timing* como atriz, não perdeu a deixa. Chegou perto de nós e, falando num tom irritadiço, me puxou pelo braço.

– Fernanda, vamos comigo ao banheiro?

– Ahn? – despertei.– Tá, vamos sim, só um instante.

Voltei-me para Marisa, um pouco constrangida, e apresentei-as.

– Sandra, esta é a Marisa. Marisa, esta é a minha... – acentuei a pausa, denotando certa dúvida – minha amiga Sandra.

Ambas se cumprimentaram friamente e Sandra logo me pegou pela mão e me arrastou para o banheiro, mal me dando tempo para pedir licença para Marisa. Fizemos por lá uma horinha, eu agradeci a Sandra pela perfeição do gesto, porque eu poderia ter caído na minha própria armadilha. Sandra achava que já surtira algum efeito, que Marisa parecia meio constrangida. Torci muito para que ela estivesse certa.

Voltamos para a mesa, Marisa conversava animadamente com Dinho, ambos numa intimidade que me lembrou os bons tempos do colégio. Eu me sentei bem diante dela – esses meus amigos tinham pensado em tudo! – e a Sandra sentou-se ao meu lado. A conversa fluía bem e a Sandra se mostrava cada vez mais perfeita como minha *partner*. Bem casualmente, e de um jeito muito discreto, ela dava um jeito de deixar a Marisa notar que ela, às vezes, pegava minha mão, às vezes me cochichava algo ao ouvido, ou ainda pousava a mão sobre minhas pernas com alguma intimidade.

Eu sentia que Marisa começava a se incomodar. Ela parecia agitada, às vezes perdia o fio da conversa, pedia para o Dinho repetir o que havia falado, parecia beber seu vinho branco com certa raiva. Fiquei com receio de ser apenas um delírio meu, mas saboreava discretamente cada gesto de desconforto dela que eu entrevia.

A situação foi ficando cada vez mais tensa, até que em um momento, notei que Sandra ousava um pouco mais, acariciando demoradamente meu braço às vistas de todos. Marisa, então, teve uma atitude absolutamente inesperada. Pediu licença, dizendo que precisava ir urgentemente ao banheiro, e se levantou com seu copo na mão. Passou por trás de mim e, fingindo um tropeço, derramou todo o vinho nas costas da Sandra.

– Olha só o que você fez! – Sandra se levantou abruptamente, demonstrando uma irritação tremenda – Que desastrada!

– Ai, querida, me desculpe, acho que eu tropecei na cadeira – Marisa era só ironia.

Marisa ainda fez algum estardalhaço, chamando o garçom aos gritos, deixando Sandra ainda mais exposta. Em seguida, desculpando-se mais uma vez, bateu em retirada em direção ao banheiro.

Pouco depois, ao retornar para a mesa, Marisa me pediu mil desculpas, mas precisava se retirar, pois tinha de acordar cedo no dia seguinte para participar de uma campanha da igreja e blá, blá, blá. Eu fingi estar decepcionada, claro. Mas por dentro, eu estava numa alegria quase incontrolável. Bastou ela sair do bar, para a mesa toda explodir em uma gargalhada. Dinho puxou um brinde:

– À sua felicidade, Fernanda! E ao amor que derruba copos de vinho!

– Geeeeente! Isso é que é ciúme, hein? – Sandra brincou.

– Sandrinha, desculpa pelo banho!

– Que nada, me diverti muito!

– Isso é que é amiga simpatizante, hein? E que atriz! – Dinho comentou, se referindo à Sandra e à sua performance brilhante.

– Será que você ainda tem alguma dúvida, Fernanda? – Suzi provocou.

– Nenhuminha, Suzi. Sua idéia foi mais que brilhante! Estou tão feliz!

O plano tinha sido executado com sucesso absoluto, superando todas as expectativas. Meu aniversário foi repleto de felicidade, principalmente porque a esperança agora se tornava palpável, quase concreta. E brotou daquela semente a coragem de cuidar do meu amor sem perda de tempo, porque o amor – como bem diz Fernando Pessoa – não é prato que se possa comer frio. Agora eu não tinha mais dúvida. E nenhum medo mais!

18

Junho chegou ensolarado, azul brilhante, sorridente. Eu esperava Marisa fazer algum contato com uma paciência de monge. Depois da cena do barzinho, meu coração estava apaziguado, por isso a expectativa era gostosa, calma como nunca havia sido. Eu sabia o que tinha de fazer: não podia me empolgar demais no primeiro contato – já dava como certo que ela me ligaria – e precisava deixá-la um pouco insegura ainda. Todo esse cálculo, claro, não era meu e sim de Dinho & Cia.

Menos de uma semana depois, Marisa me ligou. Senti um prazer indescritível ao ouvir aquela voz mansa, terna, quase sussurrando meu nome ao telefone. Eu desfrutava agora de uma alegria tranqüila, sentimento que andava soterrado por tantas emoções fortes por que eu vinha passando há tanto tempo.

– Nanda?

– Oi, Marisa! Tudo bem com você?

– Eu estava querendo te encontrar nesta semana, você pode?

O desejo quase me jogava de encontro a ela, mas consegui conter minha emoção e falei com o tom mais natural possível.

– Puxa, que pena! Nesta semana eu estou com um trabalho gigantesco para fazer lá para a editora, não posso colocar o nariz na porta – menti descaradamente. – Talvez eu tenha até de faltar na faculdade, já pensou?

– Ah, pena mesmo! – a decepção dela era evidente. – E você sabe quando vai acabar?

– Bom, meu prazo é até sexta-feira da semana que vem, mas, às vezes, eu consigo um pouquinho mais de prazo.

– Nossa, o trabalho é grande mesmo, hein?

– Mas você está com algum problema? – perguntei num tom interessado. – Está precisando de alguma coisa?

– Ahn... não exatamente. Eu só queria conversar um pouco.

– Ah, então me liga na outra semana, pode ser? – joguei a responsabilidade de novo para ela.

– Tá, eu te ligo sim. Bom, não vou tomar mais seu tempo, a gente se fala depois, então. Tchau, um beijo.

– Outro.

Pus o telefone no gancho e comecei a pular de contentamento. Imediatamente liguei para todo mundo e dizia, feliz da vida: "Ela me ligou, ela me ligou!".

Quando terminou o prazo em que eu deveria entregar o suposto trabalho para a editora, passei a esperar que ela me ligasse. No começo, eu sentia uma ansiedade leve, aquela expectativa feliz. Porém, conforme o tempo começou a passar, fui ficando agitada e nervosa. Meu coração saltava para a boca toda vez que o telefone tocava. Eu corria para atender e, invariavelmente, me decepcionava. Ela não ligava.

Comecei a me preocupar seriamente quando chegou o dia 20 de junho e nada de Marisa ligar. Eu me remoía por dentro, corroída em remorso por ter adiado o encontro. "Você é exigente demais" – eu pensava, inquieta – "Por que raios tinha de ser tudo perfeito?" E me lamentava terrivelmente, pensando que ela podia ter encarado o conjunto de situações desconfortáveis – a suposta namorada no bar e a dispensada por telefone – como um sinal de que eu não estava mais interessada nela. "Burra, burra, burra!" – eu me martirizava, sofrendo de novo de um medo que eu já pensava esquecido. Eu falei medo? Pois anota aí: era pânico. Que tortura, meu Deus!

Comecei a vacilar, a temer pelo pior. O pessoal, porém, não me deixou esmorecer, nem tomar alguma atitude desatinada. Eu falava com cada um deles, por telefone, quase todos os dias!

– Não ouse ligar para a Marisa, dona Fernanda! – Dinho me pressionava. – Você quer pôr tudo a perder?

– Mas será que já não pus tudo a perder? Ela acha que eu estou com a Sandra, ela não vai me ligar mais!

– Agüente um pouco mais sua ansiedade, minha querida. Não vá estragar tudo agora! – consolava Suzi.

– Mas e se ela não me ligar mais?

– Ela vai ligar, fica calma! – animava Sandra.

O toque do telefone já havia se transformado, para mim, no supra-sumo da tortura chinesa: sofrimento constante, espaçado, irritante ao ponto de me levar às raias da loucura. Poucas pessoas conhecem o potencial torturante de um telefone!

E a insônia. Os pesadelos. E a falta de coragem de sair de casa: já pensou se ela liga quando fui até a padaria? O medo de ter dado uma cartada errada. O medo. Eu não agüentava mais, era sofrimento demais para mim. Eu havia chegado no auge do desespero e tomei uma decisão. Não ia ouvir mais nenhum conselho, não queria mais saber de palpite nenhum. Eu tinha decidido ligar naquele dia mesmo para Marisa. E ponto final!

Assim que tomei essa decisão, uma calma meio mágica tomou conta de mim. Mesmo assim, adiei um pouco a ação. Como sempre, eu adiava. Quando estava quase pegando o telefone – "De agora não passa", pensei – ele tocou, me dando um susto tremendo. Atendi ainda meio em transe, desorientada.

– Nanda?

– Marisa? – eu não conseguia acreditar que ela estava ligando naquele exato momento.

– Puxa, que bom que eu te encontrei!

– Você não sabe, eu ia te ligar agora mesmo! – contei e me arrepiei toda. "Que sintonia impressionante", pensei.

– É mesmo? Que coincidência! – ela pareceu relaxar com a informação que eu dera. – Será que a madame tem algum tempo para mim, agora? – ela provocou.

– Todo o tempo do mundo! – desabafei sem pensar mais em estratégia, em coisa nenhuma.

Marcamos de nos encontrar, mas eu não queria que fosse no restaurante de sempre. Na verdade, eu não queria um campo neutro, eu queria Marisa no meu território. Sabia que esse era um ponto delicado, pois na rua ela sempre poderia se esquivar, mas ela poderia recuar diante de uma proposta mais ousada. Mesmo assim, achei que estava mais do que na hora de correr riscos.

– Você quer vir jantar aqui em casa no sábado que vem? Meus pais vão estar viajando – não tive coragem de concluir e fiquei alguns segundos sofrendo com medo da resposta.

– Você quer que eu leve alguma coisa?

– Hummm – respirei aliviada –, pode ser. Que tal você trazer a sobremesa?

– Combinado. Te vejo no sábado, então. Que horas?

– Pode ser às nove. Para você está bom?

– Para mim está perfeito, Nanda!

Claro que liguei para os amigos quase que imediatamente. E dizia sem parar:

– Gênios, vocês são gênios!

E sempre ouvia uma risadinha marota do outro lado da linha.

A semana foi deliciosa. Eu passei todo o meu tempo imaginando os pratos e bebidas que serviria, a decoração, tudo o que eu tinha direito. Eu não queria me arriscar a fazer algo que pudesse sair errado, então encomendei um jantar sofisticadíssimo num restaurante francês. E comprei vinho francês de primeira linha, cerveja alemã original. Por via das dúvidas, deixei uma coca-cola na geladeira, não queria que faltasse nada. Tudo tinha de ser perfeito, impecável. Só não me arrisquei a colocar velas, não queria dar tanta bandeira. "E se eu estiver viajando demais de novo?" – a inevitável dúvida me assaltando, como sempre.

No sábado, às oito da noite eu já estava pronta, ansiosa, esperando. Não me esqueci de nada, nem mesmo de colocar o velho anelzinho de avalone azul. Minha alma toda azulada, como aquele céu brilhante e estrelado de outono.

Marisa chegou pontualmente. Nas mãos, uma musse de maracujá e um delicado vaso de flores exóticas. No rosto, um sorriso aberto e um olhar cheio de felicidade. Respirei aliviada, a tensão da espera se dissolvendo no calor daquele encontro acalentado, desejado intensamente por tanto tempo.

Ela entrou toda sem jeito. Peguei a sobremesa e as flores, coloquei-as sobre a mesa da sala. Abraçamo-nos demoradamente, o perfume dela envolvendo meus cabelos, um tremor ligeiro percorrendo nossos corpos colados. Senti o desejo já pulsando em mim, agitando minha calma.

– Você está muito bonita, Marisa – arrisquei, um pouco temerosa.

– E você está linda! – ela retribuiu, sorrindo.

Senti a felicidade se materializar no meu peito, a coragem ganhando fôlego, olhei seus olhos negros profundos e brilhantes como quem tenta penetrar um mistério. Ficamos alguns segundos nos olhando assim, com a respiração suspensa e o corpo quase volatilizado, uma leveza inebriante. Despertei, me lembrando subitamente de oferecer uma bebida.

– Acho que vou tomar refrigerante. Tem?

– Tem coca-cola, pode ser?

– Ótimo!

– Gelo e limão?

– Não, pode ser natural. A noite está um pouquinho fria.

Fiquei com medo de ficar hipnotizada a noite toda, então tentei ganhar tempo, ganhar domínio sobre mim, o que eu já sentia fugir no rastro daquele olhar intenso. Resolvi acompanhá-la no refrigerante, queria igualdade de condições. Conseguimos conversar amenidades por algum tempo.

Jantamos vagarosamente, saboreando tudo com o prazer da boa espera. Falávamos pouco, mas olhávamo-nos intensamente, nos devorando em meio a uma sedução velada, discreta. O jantar estava delicioso; a sobremesa, divina. Ofereci-lhe um licor – eu pensara em tudo mesmo –, mas ela recusou.

De repente, o medo: fiquei sem saber qual seria o próximo passo. O que eu devia fazer agora? Eu não queria que nada quebrasse aquele encantamento e muito menos deixá-la constrangida. Fiquei meio perdida por alguns momentos, sem saber se a chamava para sentar no sofá ou se arriscava um pouco mais. Resolvi ousar:

– Vamos ouvir música no meu quarto?

O meu coração quase parou, aflito, até ouvir um sim meigo, emoldurado por um sorriso franco, lindo. Subimos para meu quarto. Ela se sentou em minha cama, enquanto eu escolhia a música para ouvirmos. Decidi pela k.d.lang – *Drag*, um cd com músicas suaves, envolventes e românticas. Assim ajudava a criar um clima mais intimista. Sentei na poltrona, sem coragem de me aproximar fisicamente de Marisa, ainda mais que a cama estava muito sugestiva. É tão difícil essa espera ansiosa! Como num delicado jogo de xadrez, eu procurava avaliar cada gesto, descobrir-lhe a intenção, antecipar a armadilha.

Começamos a falar de nós, recordando os tempos de colégio. Depois de rememorar as brincadeiras, as situações inusitadas, um silêncio se enfiou entre nós. Eu quase podia ouvir meu coração batendo.

– Foi de propósito? – ela perguntou de repente.

– O quê? – não sabia do que ela estava falando.

– Que você marcou este jantar justo hoje.

– ...

– Hoje é o último dia do outono... lembra?

Vi todas as cenas da nossa primeira conversa íntima – a primeira noite, o primeiro tormento – se sobrepondo rapidamente, como num filme antigo. Fazia já dois anos que eu furtara de Marisa adormecida o primeiro beijo. Uma emoção violenta aprisionou meu corpo, minhas palavras. Ela lembrava!

Marisa deu dois tapinhas em suas pernas, chamando-me para deitar no seu colo. Obedeci intuitivamente, sem nem pensar o que poderia significar aquele gesto. Deitei, me aninhei no colo bom dela, mas não ousei olhar em seus olhos. Ela começou a afagar carinhosamente meus cabelos, meu rosto. Eu me deixei acariciar, procurando sentir seus dedos suaves brincando com minha calma. Uma explosão de sentimentos confusos apertou meu peito. Desejo e medo entrelaçando o amor com abandono. Sem mais nem menos, desatei a falar atropeladamente.

– Marisa, eu preciso falar. Eu tenho medo, tenho muito medo de tudo o que está acontecendo. Eu tenho medo de deixar meu coração vadiar nesse sentimento bom e depois... depois te perder. Você sabe do que estou falando? Eu te amo, Marisa, mas...

Marisa puxou meu queixo com a ponta dos dedos, de modo que não pude evitar mais seu olhar. Com o dedo indicador da outra mão, fez sinal para que eu ficasse em silêncio. Olhando bem dentro dos meus olhos, ela se inclinou e beijou meus lábios carinhosamente. Eu fiquei com o corpo teso, como se estivesse congelada, um medo súbito de um novo abandono. Mas Marisa continuou me beijando os lábios, o rosto, as pálpebras, cada vez com mais intensidade, até que senti que aquele calor bom ia derretendo minha resistência. Entreabri meus lábios, recebendo a língua macia e quente dela na minha boca, a princípio ainda com receio, depois com muito prazer. Nos beijamos sofregamente, uma acariciando o cabelo da outra, num forte abraço, como se isso pudesse conter toda a nossa velha dor.

O calor foi descendo, inundando o meu peito e por entre as pernas, ao mesmo tempo em que eu sentia um impossível frio na barriga, na espinha. Marisa me fazia carinhos demorados no rosto com suavidade. De repente, aquele tesão todo me agitando, o desejo penetrando em mim por todos os poros. Eu me arrisquei a passar um dedo descuidado pelos seios dela, que imediatamente ficaram intumescidos, com os bicos despontando sob a sua bata indiana meio transparente. Senti que Marisa estremecia de prazer, mas estava toda contida, cheia de cuidados.

Percebendo que ela não queria ser precipitada, senti meu desejo mais agudo, uma espécie de vibração intensa por entre minhas pernas. Levantei a bata de Marisa e, suavemente, comecei a lamber-lhe os mamilos, sentindo que ficavam mais duros ainda e os seios bem arrepiados. Mordisquei-lhe o mamilo direito e em seguida, coloquei a boca em torno do seio direito dela, chupando e mordiscando alternadamente. Sentia a respiração ofegante de Marisa se acelerando, seu corpo se mexendo todo. Depois, bem devagar, fui passando a língua pelo peito todo, até chegar ao mamilo esquerdo, que enfiei todinho em minha boca, mordiscando, chupando, lambendo. Marisa gemia baixinho, eu arfava, meu tesão me levando à loucura. Nunca tinha sentido tanto prazer e tanto desejo.

Marisa começou a ficar mais solta. Beijando a minha boca sem parar, foi passando a mão em meus seios. Primeiro por cima da blusa, depois por baixo, até segurar um peito com força, depois massageando-o, beliscava-me ligeiramente o mamilo, que ficou duro e enorme em instantes. Depois, passando para o outro peito, pressionou-o com vontade, mas com ternura. Segurou o biquinho do mamilo, beliscou-o com carinho, enquanto nossas línguas se enrolavam e se exploravam sem parar. Nessas alturas, eu sentia que meu corpo era só desejo, me contorcia de tesão, apertava minhas pernas só para sentir meu clitóris palpitando. Marisa foi escorregando a mão pela minha barriga, chegou ao meu umbigo, ultrapassou-o e ficou brincando com os pelinhos que despontavam da minha calcinha, enfiando a mão por dentro da minha calça jeans. Mas não passava dali, indo e voltando, indo e voltando, me deixando enlouquecida. Eu, então, peguei a mão dela e a levei com decisão até sentir meus pêlos cacheados envolvidos por sua mão quente e macia. Continuei empurrando a mão dela para dentro da minha calcinha, para entre minhas pernas, para dentro de mim. Com loucura, apertava os dedos dela e me mexia alucinadamente, parecendo quase a ponto de explodir.

Sentindo que minha calça atrapalhava a penetração, fui tirando-a, sem deixar de beijar a boca de Marisa, fazendo contorcionismos que só faziam aumentar meu tesão. Marisa correspondeu, passando sua língua pelo meu corpo todo: queixo, pescoço, orelhas, pescoço de novo, ombros, peitos. Contornou cada mamilo, chupando-os em seguida. Continuou descendo, até chegar ao umbigo, onde fez mil voltinhas com sua língua, continuando sua trajetória descendente. Passou pela púbis, roçando os cachinhos mais salientes e, subitamente, voltou para a perna, lambendo a parte interna das coxas, descendo até perto do joelho.

Eu tentava segurar a cabeça dela e trazê-la de volta para cima, para chegar logo ao meu sexo. Marisa resistia, voltando às minhas coxas, mas sem avançar. Eu implorava, mas Marisa retardava a chegada, me enlouquecendo, me fazendo gemer baixinho e sem parar. "Quero sentir sua língua dentro de mim", ousei dizer, sem mais controle sobre mim mesma.

Marisa então passou a língua no meu sexo já úmido e eu quase desmaiei de prazer. Em seguida, e sem maior aviso, penetrou-me com dois dedos, mexendo-os lá dentro e também entrando e saindo, entrando e saindo, esfregando o meu clitóris sem parar. Eu estava quase sem forças, mas consegui fazer Marisa se virar com as pernas abertas sobre meu rosto. Enquanto Marisa me penetrava, eu esfregava a mão no sexo dela, por cima da calça mesmo. Sem agüentar mais, Marisa desvencilhou-se da calça, e eu pressionei meus dedos apressadamente e com alguma força por cima da calcinha toda encharcada, que foi entrando nela, me dando um tesão inesperado. Depois, afastando o elástico, eu finalmente a penetrei até o fim, fazendo movimentos para dentro e para fora sem parar.

Já sem quase suportar de tanto prazer, Marisa deitou-se, repousando seu sexo sobre o meu e começamos a nos esfregar com loucura, com tesão. Aquela fricção de pêlos, juntamente com o vaivém de dedos, aquele cheiro delicioso de prazer, os gemidos incessantes, quase sussurrados, foi nos levando ao êxtase total: gozamos juntas, aos gritos, deixando a cama toda encharcada com suor e o jorro de nosso prazer. Deitamos lado a lado e ficamos ainda gemendo, gozando, curtindo aquela explosão de sensações maravilhosas.

Depois, mais tranqüilas, ficamos nos acariciando por muito tempo, sem pressa, finalmente livres.

– Nanda, eu também preciso te falar uma coisa muito importante.

Qualquer coisa no tom de voz dela me assustou, parecia sério demais, profundo demais. Criei coragem para querer saber, mas meu coração ficou apertado, angustiado.

– Fala, Má, o que foi? – perguntei de um jeito meio infantil, como se temesse ter feito algo errado.

– Eu te amo, eu te amo, eu te amo! – ela sussurrou para mim.

Um longo suspiro de alívio escapou dos meus lábios. Ela sorriu, os olhos negros cintilando, felizes. Depois de um abraço bem apertado, nossos lábios se colaram num beijo ardente, o desejo todo à flor da pele de novo. E a nossa primeira noite de amor estava apenas começando!

19

– Nanda, você já ligou para Clara? Está quase na hora de sairmos!

– Calma, Má! Minha mãe ainda está terminando de dar o acabamento na bandeira.

– E o Dinho e o Renato?

– Eles vão nos encontrar na Paulista, em frente ao prédio da Gazeta.

– Já na concentração? Mas vai ter muita gente, nós vamos nos desencontrar!

– Calma, Marisa! – bronqueei. Depois sorri e completei – Você está parecendo noiva, de tão nervosa!

– E não era para estar? É a primeira vez que vamos à Parada do Orgulho Gay!

– É só uma grande festa.

– Você não está ansiosa?

– Claro que estou ansiosa, estão prevendo que vai haver mais de duzentas mil pessoas desfilando, vai ser o máximo! Mas agora veja se relaxa, está bem? – falei suavemente, beijando-lhe os olhos e os lábios.

– Vou tentar.

– Mãe, está pronta?

– Sim, filha. Veja se ficou boa.

Peguei o pano colorido que minha mãe me estendia. Ela acabara de costurar uma linda bandeira do arco-íris para levarmos à Parada. Olhei para ela, cheia de ternura. "Que mulher impressionante" – pensei – "quanto amor! Há pouco mais de um ano cheguei a ter medo de que ela nunca me aceitasse!" Fiquei emocionada, duas lágrimas rolaram discretamente pelo meu rosto, enquanto eu procurava disfarçar.

– Mãe, essa vai ser a bandeira mais linda de todo o desfile! Você é demais!

Beijei suas bochechas e nos demos um abraço apertado. Ela me segurou pelos ombros, me afastando carinhosamente. Olhou para mim com ternura.

– Eu também tenho muito orgulho de você, minha filha!

Saí apressadamente, procurando controlar a vontade forte de chorar. Marisa pegou minha mão e fomos ao portão esperar o táxi que ela chamara. Em pouco tempo, estávamos todos juntos – eu, Marisa, Renato, Dinho, Suzi, Clara e Luana – na avenida Paulista, felizes por fazer parte daquela festa fantástica.

A tarde estava ensolarada e o azul do céu brilhava intensamente. Aquela enorme multidão colorida, as fantasias, mulheres se beijando, homens de mãos dadas dançando em plena rua – uma alegria inundou meu peito a ponto de quase transbordar. Quando começou a descida da Rua da Consolação, Marisa apertou minha mão, emocionada: os moradores dos prédios ao redor saíam à janela aplaudindo, jogando papeizinhos, mostrando bandeiras coloridas. Um arrepio forte percorreu todo meu corpo. Parei, puxei-a para junto de mim. Beijei Marisa: paixão, serenidade e fúria.

Os pés pisavam o asfalto, o sol aquecia a rua. Era o último dia do outono.

SOBRE A AUTORA

VERONIKA PAULICS

Valéria Melki Busin nasceu em 1966, na capital de São Paulo, onde mora até hoje. Vive com sua companheira, Renata, e três cachorrinhas vira-latas, cujos nomes são homenagens a lésbicas importantes: Martina (Navratlova), Amelie (Mauresmo) e Bolacha (todas nós!).

É formada em psicologia pela Universidade de São Paulo, mas não atua na área. Já fez de tudo um pouco, mas seu sonho de se transformar numa colecionadora de histórias começa a se realizar somente agora, com a publicação deste seu primeiro livro.

Para mandar sua crítica, opinião ou sugestão, escreva um e-mail direto para ela: valerinhamb@uol.com.br

FORMULÁRIO PARA CADASTRO

Para receber nosso catálogo de lançamentos em envelopes lacrados, opacos e discretos, preencha a ficha abaixo e envie para a caixa postal 12952, cep 04010-970, São Paulo-SP, ou passe-a pelo telefax (011) 5539-2801.

Nome: ______________________________________
Endereço: ___________________________________
Cidade: __________________ Estado: ____________
CEP: ________-______Bairro: ___________________
Tels.: (___) _________________ Fax: (___) _______
E-mail: ________________ Profissão: _____________
Você se considera: ☐ gay ☐ lésbica ☐ bissexual ☐ travesti
☐ transexual ☐ simpatizante ☐ outro/a: _____________

Você gostaria que publicássemos livros sobre:
☐ Auto-ajuda ☐ Política/direitos humanos ☐ Viagens
☐ Biografias/relatos ☐ Psicologia
☐ Literatura ☐ Saúde
☐ Literatura erótica ☐ Religião/esoterismo
Outros:

Você já leu algum livro das Edições GLS? Qual? Quer dar a sua opinião?

Você gostaria de nos dar alguma sugestão?

Impressão e Acabamento
Com fotolitos fornecidos pelo Editor

EDITORA e GRÁFICA
VIDA & CONSCIÊNCIA

R. Santo Irineu, 170 • São Paulo • SP
✆ (11) 5549-8344 • FAX (11) 5571-9870
e-mail: gasparetto@snet.com.br
site: www.gasparetto.com.br